M. Misati

Séraphine

Qui se souvient encore de Séraphine Louis, dite Séraphine de Senlis, née au village d'Arcy, dans l'Oise, le 2 septembre 1864 et morte le 11 décembre 1942, à l'asile psychiatrique de Clermont-de-l'Oise, puis enterrée à la fosse commune ?

Qui se souvient de cette vie cachée, de ce destin prodigieux qui fit d'une humble femme de ménage, un des plus stupéfiants peintres hallucinés du XXe siècle, rarement exposée aux cimaises des plus grands musées du monde qui pourtant la conservent dans leurs réserves ?

Par quel étrange destin, est-elle rayée du monde, oubliée des histoires de l'art, comme si le passage par la démence avait tout brûlé derrière elle, ou bien comme si l'exposition de ses tableaux risquait de provoquer un incendie ?

Que dire de ses délires qu'elle a retranscrits dans sa solitude d'internée, de son silence obstiné à l'égard des autres malades, de son refus de peindre, à jamais ?

Que penser de cette peinture incomparable, complètement inédite, venue de quelles secrètes contrées d'âme, remontée de quels gouffres obscurs ?

Quelle forces l'ont conduite pour réaliser ces vastes compositions florales et à qui étaient-elles dédiées ?

Que serait-elle devenue si elle n'avait rencontré un jour un des plus fameux esthètes de son siècle, Wilhelm Uhde, qui la guida et la protégea jusqu'à ce que la folie s'emparât d'elle ?

Que seraient devenus ces petits tableaux qu'elle exécutait et échangeait contre de la nourriture ? Auraient-ils connu le même destin que ceux qu'elle composa plus tard, vastes et puissants, pourchassés au nom de l'art dégénéré, par les nazis ?

Quelle tendresse et quels émerveillements se cachent derrière ce visage fruste et rustique ? Quel est le secret de ces mains, lourdes et épaisses, qui ont tant ciré de parquets et frotté de linge dans des lavoirs glacés, capables cependant d'inventer de telles fleurs ?

Quels appels confie-t-elle à ses bouquets ? Que veut-elle nous dire, elle qui ne sait pas bien s'exprimer ?

Et si la folie de Séraphine, qui l'a plongée dans la nuit la plus totale, dans l'absence du jugement, avait été le passage obligé à l'avènement de ses chefs-d'œuvre ?

Et s'il avait fallu traverser tant de douleurs pour atteindre au Secret ?

1

Hormis ses tableaux, dispersés dans des collections privées et publiques, et dont la réverbération est si vibrante qu'ils pourraient bien aveugler ceux qui les verraient, il n'y a plus de traces de Séraphine. Jusqu'à la fin du XXe siècle, l'on pouvait se rendre encore au cimetière de Clermont-de-l'Oise, demander au gardien où se trouve la fosse commune où, jadis, l'on enterrait les pauvres, les mendiants et les fous que personne ne venait réclamer. Lui-même ne savait plus très bien, il indiquait vaguement d'un geste, une chapelle expiatoire sous laquelle les restes de Séraphine pouvaient se trouver. Mais il n'était sûr de rien. « C'est ce qu'on dit », répondait-il, quand on insistait. Dans cette chapelle, presque en ruines, et dont toutes les indications avaient quasiment disparu, on avait peine à retrouver des indices qui auraient pu apporter quelques souvenirs de Séraphine. Un ex-voto, une plaque de marbre qu'auraient pu déposer ceux qui jadis l'avaient tant admirée, une indication, aussi mince soit-elle, sur l'existence d'une fosse : mais rien, le temps, la pluie, les ardeurs du soleil avaient tout effacé. Plus de fleurs depuis des années, plus de ces couronnes tressées en petites perles de Venise, comme on en faisait encore jusqu'à la guerre, sûrement volées par des amateurs d'art funéraire, mais des corniches de pierre blanche brisées, des bouts de ferrailles qui pendaient. Non, décidément, plus rien que les quelques séquences d'une vie rapportées par d'ultimes témoins, des lettres au délire têtu, farouchement écrites dans la solitude de l'asile et surtout l'embrasement des grandes fleurs peintes au Ripolin et dont la laque flamboyante vibre toujours comme un grand feu…

Ce n'est qu'à la fin de 1999 que la municipalité de Clermont eut l'idée de faire ériger un monument funéraire à la mémoire des malades de l'hôpital psychiatrique de la ville, morts de faim pendant la guerre. Sur la plaque, on peut lire, gravé, en lettres majuscules : « De 1940 à 1944, 3 063 patients de l'hôpital psychiatrique interdépartemental de Clermont ont été inhumés dans ce cimetière. L'immense majorité est décédée des suites de privations notamment alimentaires ».

Écrire sur Séraphine est un défi. Au temps, à la mémoire, à la maladie, car tout s'est acharné pour que son existence soit passée sous silence, malgré ses sursauts, malgré son énergie, ses coups de sang et ses coups de folie. Il faut tenter de raconter cette vie cependant, minuscule et si dense, parce qu'elle témoigne de ce que les plus démunis peuvent retenir, d'immense et de divin, de grandiose et de sublime : des secrets et des trésors qu'on croyait à jamais perdus.

Les ultimes témoins sont morts aujourd'hui, mais aux premiers temps de ma recherche, au début des années 1980, Anne-Marie Uhde, quelques collectionneurs qui avaient bien connu son frère et qui avaient pu acheter par son intermédiaire un tableau, avant la guerre, étaient encore en vie. D'Anne-Marie Uhde surtout, je me souviens. C'était très exactement au numéro 19 de l'avenue du général Leclerc, dans l'un des ateliers d'artiste de la ville de Paris, à la Villa Adrienne. Au premier étage gauche. Un modeste atelier, qui n'avait pas de murs assez hauts pour exposer convenablement les grandes marguerites de Séraphine. Avec la sœur de Wilhelm Uhde qui, elle-même, ne savait peindre que des fleurs blanches, nos conversations roulaient toujours sur la vie quotidienne de Séraphine qu'elle avait souvent partagée, à Senlis. Elle me parlait des pique-niques qu'elle préparait pour elle et son frère, de ses tableaux qu'elle réalisait dans la hâte, comme si elle sentait qu'une force noire allait bientôt la recouvrir, de ses paroles de bon sens, paysannes et matérielles, de ses tabliers de gros lin écru qu'elle arborait, toujours tachés de peinture. Elle évoquait ses promenades, presque des fugues dans la forêt, de ce besoin qu'elle avait, physique, violent, sauvage, de se réfugier dans les bois, de sentir l'air la fouetter, elle disait qu'elle aimait les orages, les soirs de grand vent, tous les mouvements de la nature qui la saisissaient et lui donnaient envie de peindre. Elle parlait de ses prières, de ses incantations, de toute sa petite magie personnelle, connue d'elle seule, sans laquelle elle ne pouvait se mettre à peindre. Mlle Uhde racontait Séraphine assise sur son petit lit au-dessus duquel trônait, tutélaire et échevelé, le vibrionnant bouquet de marguerites. Elle disait encore que, quelquefois, quand elle ne dormait pas, elle en attribuait la faute aux fleurs de Séraphine, parce qu'elles dégageaient trop de violence, trop d'énergies. « Mais comment faire ? répétait-elle, impossible de s'en défaire. » Mlle Uhde ne vivait de rien, elle racontait que c'était Dina Vierny, le modèle de Maillol, qui subvenait à ses besoins, qu'elle s'occupait d'elle, lui donnait de l'argent et qu'en remerciement, elle lui confierait à sa mort ses tableaux. Elle disait encore que sans Dina Vierny, elle ne saurait comment faire : c'était une étrange relation, comme si Anne-Marie Uhde avait peur d'être abandonnée. Elle voulait donner des toiles au musée de Senlis à la condition expresse qu'il exposât ses petits bouquets de fleurs blanches, ses iris, ses bulbes blancs, si délicats, si fantomatiques dans leur blancheur qu'ils paraissaient venus d'un autre monde. D'une salle à l'autre, c'étaient deux mondes qui s'opposeraient : les fleurs extravagantes de Séraphine, ruisselantes de couleurs et celles, spectrales, de Mlle Uhde.

Elle semblait en ces années-là, proches de sa mort, presque immatérielle, elle ne voyait plus guère, et peut-être était-ce à cause de cela que ses fleurs blanches étaient entourées d'une brume, d'une ouate qui faisait penser à des confins et à des climats inconnus. Nous parlions longtemps de Séraphine, elle sortait de vieilles boîtes de chaussures des clichés de cette époque, surtout deux portraits de Séraphine, dont un était en pied : « Il n'y en pas d'autres, disait-elle, prenez-en soin. »

Elle était heureuse alors que Séraphine puisse sortir de sa nuit tragique, de son oubli. Elle trouvait injuste cet exil, elle qui l'avait tant connue. Elle demandait souvent à Dina Vierny de s'occuper de Séraphine, de monter enfin une grande exposition. Mais Dina Vierny jugeait que ce n'était pas encore le moment, que Séraphine aurait son heure.

Un autre jour, Jean Cassou me reçut dans son lumineux appartement de Montparnasse. Il avait alors perdu la vue et il ne pouvait pas voir les deux petits citrons jaunes peints par Séraphine que la lumière, entrant par les larges fenêtres, éclairait. C'étaient deux citrons d'or, nimbés de soleil, deux vanités qui, à l'inverse de celles qui rappelaient aux hommes leur fin prochaine, leur rappelaient au contraire qu'il fallait jouir de la vie, mordre dans leur écorce, d'où s'échapperaient à coup sûr des flux intenses d'énergie… Cassou en avait quand même le souvenir, il en connaissait les exacts contours et il en parlait, me les montrant du doigt, comme s'il les voyait vraiment, prétendant qu'au-dessus du canapé de son salon, ils rayonnaient de force, ordonnaient l'espace… C'était étonnant, cette perception des choses, cette certitude de voir autrement, cette jubilation de Cassou, devant la chair épaisse des citrons…

Il fallait croire encore qu'à cette époque, seuls les plus fins esthètes, les *happy few* de l'art connaissaient Séraphine. Elle qui n'avait croisé que des paysans et des domestiques, qui travaillait chez des bourgeois qui l'ignoraient et la méprisaient, ne semblait accessible qu'aux plus précieux, qu'aux seuls poètes. Cassou, Caillois, Breton, Dorival, Mandiargues, Michaux, Leiris, Leonor Fini, tous l'aimaient, la rapprochaient de Van Gogh, d'Artaud, des vieilles fées des antiques terroirs.

Je pense à André Pieyre de Mandiargues et à sa femme et sa muse Bona. Dans l'appartement-musée de la rue de Sévigné, ils me parlaient souvent de Séraphine. Mandiargues aimait ces illuminés, ces audacieux qui franchissaient toutes les frontières, se laissaient porter, poreux aux flux du monde, aux mystères les plus reculés de leur préhistoire. Arcimboldo, Séraphine, c'était tout pareil, disait-il, la même secrète avancée dans la nuit, le même déplacement de soi vers des terres inconnues. Bona aimait aussi Séraphine parce qu'en elle, somnolait la folie, l'étrange aiguillon qui aiguise l'esprit, le cravache et l'emporte. Un trait en appelle un autre, d'où venait-il ? Qui l'avait convoqué ? Nul ne le saurait jamais mais il s'était invité et il fallait bien l'accueillir.

J'aimais aller voir Séraphine dans les musées, à Senlis surtout, surprendre la stupeur des visiteurs devant ses grands bouquets, ces regards qui tentaient de comprendre. D'aller vers eux, le plus souvent en vain, mais ils semblaient intrigués, alors ils s'arrachaient à un bouquet pour se perdre dans les mondes inouïs d'une autre brassée de fleurs…

Il y avait à cette époque quelques endroits où l'on pouvait déjà voir certains tableaux de Séraphine : à Senlis bien sûr, où les bouquets, hauts comme les verrières des cathédrales, stupéfient les visiteurs ; à Beaubourg où les tableaux demeuraient alors, on ne sait pour quelle raison, remisés dans les réserves, visibles seulement sur demande spéciale. Et pourtant ce n'étaient pas les moindres, *L'Arbre rouge*, cette grande toile de 1 mètre 90 sur 1 mètre 30, peint vers 1930, alors que Séraphine était au sommet de son art et *L'Arbre du paradis*, son superbe pendant de 1 mètre 95 sur 1 mètre 29, réalisé un an auparavant ; au Kunsthalle de Hambourg, au musée de Grenoble qui montrent des feuilles d'automne, une orange et un citron, mais le reste demeurait enfoui et l'est encore. Joyaux privés de quelques collectionneurs amateurs d'art naïf…

Dina Vierny en possédait certains jalousement. Mais les bouquets hallucinés pouvaient-ils être pour autant muselés ? Les couleurs de Séraphine battent aussi sur les toiles conservées dans la nuit des coffres, et les toiles battent à leur tour comme des cœurs vivants. C'est peut-être cela, le mystère de ce peintre, son long enfermement, cette lourde camisole de force qu'on lui a infligée, physique et chimique, le silence autour de ses toiles : cette parole enfermée en elle. On la croit muette quand elle ne cesse de crier…

Depuis ce terrible jour du 31 janvier 1932, où la folie l'a submergée, l'œuvre est au noir. Elle bouillonne d'impatience dans sa relégation, elle frappe à notre porte et personne ne lui ouvre. Pas seulement l'œuvre, immense, mais Séraphine elle-même, qui dit : « Ouvrez-moi, parlez-moi », et qu'on a fait taire au point de la déclarer morte dès 1934. Plus personne ne s'intéressa à elle, pas même Uhde, elle était enfermée à Clermont-de-l'Oise, seule parmi les fous, chacun muré dans sa solitude, puis dans sa faim, quand la guerre réduisit les pauvres malheureux à n'avoir presque plus rien à manger, et qu'on les laissa quasiment mourir, dans la zone occupée par les Allemands… En 1942 donc, elle mourut, vraiment cette fois. Ni vue ni connue, on l'enterra parmi les anonymes, elle qui signait « Séraphine Louis, sans rivâle ».

La vie de Séraphine reste inconnue. Il ne peut y avoir de biographe qui détaillerait son existence jour après jour, car ceux qui passaient s'effaçaient les uns les autres. C'était plutôt une vie intérieure, qu'elle seule explorait, bruissant de terreurs et d'éclats de lumière, d'apparitions et que venaient adoucir des cantiques, des louanges à la

Vierge Marie. On ne saura jamais rien d'elle, sinon quelques bribes, quelques traces d'un passage, à Senlis et dans un asile de fous, comme on disait alors, rien que de grands gestes forts sur la toile tendue, quelques bruits de pinceaux, secs comme des coups de tambour qui inventaient des pétales échevelés, des fleurs tournoyantes jamais vues dans la nature. D'où les voyait-elle ?

Car la vraie question est celle-là : d'où peint Séraphine ? De quel monde invisible vient-elle ?

C'est toujours tentant mais inquiétant ce retour dans l'histoire, cette remontée dans le temps, ce qu'il veut bien donner à voir, ce qu'il veut bien concéder. Mais en réalité ce sont des êtres comme Séraphine qui nous disent que l'on n'a besoin que de quelques dates, de quelques lieux, parce que l'important est dans l'invisible, que tout se risque ailleurs. Oui, je crois cela plutôt : quelques pistes ouvertes pour rejoindre l'essentiel qui ne se rapporte ni en dates ni en faits mais en signes, en sons, en vibrations, en réverbérations.

2

Elle naît le 2 septembre 1864, dans la commune d'Arcy-sur-Oise. Très tôt, elle devient orpheline. Son père, Antoine-Frédéric Louis, est horloger, il répare les montres de gousset, qu'on lui apporte les jours de foire, révise les comtoises du département qu'il arpente à pied, propose ses services dans les grandes propriétés agricoles. Il disparaît en 1871 : « Tout de suite après la guerre, parce qu'il ne buvait pas de vin du tout », précise-t-elle. « Il est tombé malade parce qu'il ne se passait pas de vin »...

La mère, Victorine-Adeline Julie Maillard est domestique de ferme, gardienne de bêtes, femme de ménage à l'occasion. Elle meurt un an après sa naissance : « Elle avait les sangs tournés », dira Séraphine.

Elle donne ces détails comme une évidence, sans autre explication, ils ne sont pas modifiables, pas contestables. L'histoire file déjà dans l'oubli et dans la nuit. Elle dut être enfant, connaître des chagrins et des peurs, elle dut aimer jouer au cerceau, à la balle, à la marelle, peut-être même à la poupée. Mais on n'en sait pas davantage. On pense à des enfances mornes, paysannes et exilées, à des solitudes orphelines, à des saisons rudes dans des campagnes boueuses et malodorantes. On se souvient des descriptions de Maupassant, des paysans qui travaillent dur, les pieds dans le lisier, sans attention pour l'éclosion des lilas et des aubépines au bord des chemins, des corps de ferme sans grâce, des brutalités des garçons d'écurie, des cris déchirants des animaux qu'on tue, des étés laborieux et des couchers tristes sans chandelle et sans les bras d'une mère. Ce dut être ainsi pour Séraphine, une vie plate et morose, les enchaînements des saisons, les pluies et les sécheresses, la volaille à nourrir, pour commencer et puis après, les vaches à garder, quand elle serait plus forte. Mais toujours cette vaillance qui était exigée, cette absence de compassion, cette vie solitaire, au parler rustre, dans ce patois obscur qu'elle parlait pourtant, aux syllabes lourdes, comme remâchées.

Elle a cependant une sœur aînée, dont elle parle très peu. Trop occupée pour remplacer la mère morte, elle travaille dur à la ferme, employée aux travaux des champs. On la verrait presque dans les tableaux de Courbet, quand les jeunes filles aux chairs drues vannent et passent au tamis le blé, agenouillées dans les granges ou bien, déjà voûtées, les pieds dans l'éteule craquante, glanant pour se nourrir des topinambours, quelques asperges oubliées. On la verrait bien ainsi, cette sœur auprès de laquelle la petite Séraphine ne vit guère, sur ces toiles charnelles, dans une nature indifférente, sauvage, étrangère.

Dans cette vie cachée de Séraphine, on est conduit là, à ces comparaisons aléatoires, imprécises, pour être cependant au plus près d'elle, au plus juste de sa vérité, de ce qu'elle dut vivre, de ce qu'elle dut voir et entendre. Elle vaque à mille petits travaux, déjà pénibles pour son jeune âge, mais qui y prêterait attention ? Elle est laissée à elle-même, déjà errante. On croit la saisir par recoupements sur une toile de Courbet ou de Millet, mais elle se dérobe, rôdant déjà du côté de Turner ou de Jongkind, dans leurs tourments et leur opacité. On pourrait peut-être l'apercevoir dans ce tableau de Pissarro, représentant une petite paysanne d'une dizaine d'années, mi-assise, mi-couchée sur un talus d'herbes fraîches. Elle penche sa tête, colle son oreille sur la terre comme si elle l'écoutait. Je vois ainsi Séraphine gardant ses oies, seule, dans ce sarrau de coutil bleu, coiffée d'un triangle de coton, surprenant l'incroyable rumeur des plantes et des bêtes, l'éclosion des graines dans leurs cosses obscures.

Vers dix ans, le curé d'Arcy lui propose d'aller à l'école pour acquérir un rudiment de connaissances, lire, écrire, compter. Elle s'y rend. C'est même une élève studieuse et appliquée. Attentive et douée au dire de son maître. Elle sait particulièrement bien écrire, s'ingénie à faire du mieux possible les pleins et les déliés, moule ses lettres avec une grâce qu'on retrouvera plus tard dans l'application de brodeuse qu'elle mettra à signer ses toiles, la dernière lettre de son nom filant en des courbes et des arabesques.

Mais rien ne vaut l'appel des champs, l'intimité des arbres et des fleurs mêlés, la pesanteur des mares et des bois, tout ce discours intérieur et caché que la nature sait entretenir. Elle n'aime pas trop jouer avec les autres enfants, non pas qu'elle ait honte de sa condition orpheline et misérable, mais elle préfère parler aux plantes et sur du papier, elle griffonne déjà quelques fleurs dont elle laisse éclater démesurément les pistils et les étamines, multiplie les pétales, les feuilles en plumes échevelées. Elle aime entendre le remuement sourd des bêtes dans l'étable, leurs pas pesants dans les sentiers allant à l'abreuvoir, tout ce mystère des choses et de la nature, ces petits drames insignifiants qui passent inaperçus auprès des paysans et qu'elle entend, elle, comme une grâce.

À Paris, dans un tout autre milieu, il y a une petite fille qui est née la même année qu'elle, en 1864, et qui mourra dix mois seulement après elle, dans les mêmes conditions asilaires et affamée, qui est donc son exacte contemporaine, et qui aime modeler des figurines, sculpter déjà de petites personnages. Elle a ce regard étrange sur le monde, de grands yeux étonnés, et des mains qui aiment pétrir la terre. À la différence de Séraphine, elle vit dans un milieu très aisé, choyée des siens, elle a pour son frère, Paul, le plus aimé de tous, une tendresse singulière, elle s'appelle Camille. Camille Claudel. Ni l'une ni l'autre ne se connaîtront jamais. Peut-être dans l'invisible de leurs nuits tragiques ? Peut-être dans leurs cris d'affamées, dans les longs dortoirs de l'asile, quand personne ne leur répondait, pendant la guerre ? Y eut-il une providence charitable qui les a reliées et leur a dit qu'elles ne mourraient pas seules, que leurs cris, c'est de l'amour qui se redonnerait ?

Jusqu'à treize ans, l'on ne sait rien d'autre. En sait-on davantage pour d'autres héroïnes de l'histoire, souvent de petites saintes légendaires, Geneviève, Jeanne, Bernadette, que cette âpre solitude, et l'enchantement d'autres voix, la proximité d'autres mondes ?

On veut bien croire aussi qu'elle va à la messe le dimanche, elle ne s'y montre pas aux premiers rangs, mais se cacherait plutôt derrière le baptistère ou un pilier, préférant la contemplation des vitraux si colorés de l'église d'Arcy aux gestes rituels de l'office. Les verrières datent du milieu du XIXe siècle, elles ont des teintes vibrantes et chatoyantes, des rouges vifs et des jaunes d'or, des verts profonds et des bleus célestes.

Elle aime toutes ces couleurs, ces arbres du paradis, ces fleurs de lys dans les mains de Joseph et de l'enfant Jésus, ces roses au pied de Marie, toute cette féerie fleurie qui la sauve de la boue des étables et des stalles à curer, des seaux de purin qu'elle va jeter à la fosse. Elle a cette naïveté-là de croire qu'après sa mort, elle vivra dans cet or, au milieu de ces bouquets de fleurs. Son regard d'enfant s'émerveille si, par chance, un rayon de soleil traverse un vitrail. Alors les motifs s'embrasent et elle les fixe à devenir presque aveugle. Personne n'a remarqué sa faculté de s'abstraire du monde, de s'éloigner de tous, de vivre ailleurs. C'est pourquoi on la trouve triste, « mais c'est pas à rêver qu'elle va vivre, disent les fermiers, réveille-toi, Séraphine, le soleil tourne vite ! ».

Elle a treize ans déjà et l'on croit qu'elle ne sait rien. Elle n'ignore rien cependant du langage secret des tiges et des graines, des lentes montées des sèves, des efflorescences soudaines et des flétrissements des pétales, du miracle des feuilles qui ressemblent à les bien observer à des plumes de faisan, à des ailes de papillon.

Les pauvres, les misérables, ceux décrits à l'époque par Flaubert, Zola, Maupassant, les frères Goncourt, Huysmans, savent combien leur existence peut se fondre dans le temps, se diluer dans la vie matérielle, être absorbée par le travail. Les révoltes sporadiques n'y font rien, tout revient au silence docile, aux dos courbés qui s'échinent sous les climats, au labeur insatiable pour survivre. On ignore tout de ces années de jeunesse de Séraphine, rendues à des suppositions, à des hypothèses. Tout s'est comme engouffré dans l'obscure dureté des « travaux noirs ». Comme la Félicité du *Cœur simple* de Flaubert, ni sa sœur, Victorine, ni elle-même ne déplorent leur condition. Dès l'enfance, elles savent qu'elles sont vouées à servir les nantis, les bourgeois, les fermiers riches. Maintenant, elle est déjà forte, elle a des mains lourdes et qui savent travailler, elle est en âge d'être placée. Elle se plie à la nécessité. On ne lui donne pas de choix, elle ira servir ses nouveaux maîtres. Elle n'a plus à proprement parler cette grâce indicible de l'enfance sur son visage déjà marqué par les épreuves, les dures conditions de la ferme. Elle a perdu ce regard innocent, seule peut-être une appréhension quand elle doit se rendre à Compiègne, chez la comtesse de Beaumini, où elle est placée pour aider la femme de chambre et la cuisinière qui commence à se faire vieille. Auparavant, si l'on en croit Séraphine elle-même, elle serait allée à Paris durant dix-huit mois, placée chez des bourgeois par sa sœur et de là aurait rejoint Compiègne. Trois ans après, elle serait entrée chez les sœurs de Saint-Joseph-de-Cluny à Senlis. Les dates concordent : 1877, départ de Séraphine pour Paris, 1879, placement à Compiègne, 1882, entrée au couvent de Senlis où elle demeurera une vingtaine d'années.

Elle appelle ces années de service ses « travaux noirs » : que veut-elle dire par là ? Sans doute « noirs » pour dire obscurs, comme le fond des puits, sans lumière rédemptrice, sans étoiles.

Depuis qu'elle sert dans des familles bourgeoises ou aristocratiques entre Compiègne et Senlis, elle n'a plus ses repères, tout cet environnement rural auquel elle était habituée. Elle découvre maintenant la vie urbaine, les ruelles sombres éclairées faiblement, les maisons à plusieurs étages, tout cet entassement d'hommes et de femmes dans une ville insaisissable, presque maléfique, un lieu où l'on pourrait se perdre ou mourir sans que personne ne le sache, jamais. Elle n'aime pas cette vie-là, mais son humble travail lui donne toutefois une certaine liberté.

Il y a en elle un désir violent d'être libre, seule et libre, n'en faire qu'à sa tête, le soir, quand elle a fini son ouvrage, et qu'elle se retrouve dans cette chambre minuscule au plafond bas et mansardé, juste la place pour un lit et une petite table, et ce point d'eau, là-bas, au bout du palier. Et là, dans cette semi-obscurité, penser à elle, rien qu'à elle, à ce qu'elle ferait un jour, de beau, de grand, d'immense. Mais quoi, pense-t-elle encore ? Quelle voie nouvelle à emprunter ? Quelle histoire commencer ?

Elle est logée, nourrie, ne possède que quelques objets de première nécessité achetés au marché, un savon, un peigne, des crayons, un almanach qu'elle feuillette le soir avant de se coucher à la lueur de sa bougie.

Mais la nuit retombe vite sur ses désirs. C'est un temps sans mémoire. Sans trace. Elle a quinze, seize, dix-sept, dix-huit ans. Les saisons ont imprimé leurs marques sur son visage. Elle paraît plus vieille que son âge, sa stature est plutôt massive, elle a gardé un air rustique qui fait dire à Compiègne qu'elle est « de la campagne ». Cela se voit à ses mains, à sa façon de marcher, à sa manière de se coiffer, de porter son petit châle sur ses épaules. Elle n'a pas l'allant des cousettes, des vendeuses de saison, des modistes. Elle est plutôt réservée, elle a un air « sauvage », un physique « ingrat », disent les voisines de sa maîtresse, dont on se méfierait presque. À cause de ses arrière-pensées, de son quant-à-soi, de son mutisme.

On la retrouve encore dans une institution de jeunes filles où elle fait des ménages. Elle lave les sols à grandes eaux, elle cire à genoux les parquets, elle s'abîme en elle-même. Elle refuse de parler aux jeunes filles de son âge, elle réprouve leurs fréquentations déplacées et indécentes, elle est secrète et se prétend laide. Son silence commence à intriguer. On la trouve originale, mais laborieuse, et sa naïveté confine à l'imbécillité. Elle n'intéresse personne. Peu à peu « les travaux noirs » deviennent chez elle le motif d'une sourde persécution. Les refusant intimement, elle se construit dans le silence une autre vie, plus secrète, plus flamboyante. L'œuvre n'existe pas encore, mais elle est en marche. C'est « l'œuvre au noir » que réverbèrent les éclats de la solitude et de l'angoisse, les lueurs étincelantes d'un paradis entrevu.

Dans cette institution de jeunes filles, seule une chose l'enchante : les cours de dessin qui, chaque semaine, y sont donnés. Plusieurs fois, on l'a vue, interrompant son travail, l'œil collé dans l'embrasure de la porte qui donne sur la salle de cours, écoutant avidement les leçons du maître. Une fois, elle est surprise dans cette posture. « Mais que faites-vous là, Séraphine, voudriez-vous peindre ? » Elle ne répond pas à ce qui d'ailleurs n'attend pas de réponse. Est-ce dans ce scandale supposé qu'est née sa vocation ? Est-ce ainsi que le labeur de peindre s'est emparé d'elle ? Elle ne répond pas, elle laisse parler, elle laisse dire. Ce n'est pas son affaire. Un jour, peut-être, elle osera. Quand elle frotte, quand elle cire, elle pense que le temps est son allié. Ne lui laisserait-il donc jamais une chance ? Une seule ? Sa tâche lui accorde la disponibilité. Alors pendant ce temps, elle pense, elle réfléchit, elle assemble des bouquets dans sa tête. « À quoi, pensez-vous, Séraphine ? Vous avez l'air bien absorbée : souvent elle a entendu cette question. Elle n'y prête pas attention. Elle revient à la réalité de l'existence, au temps infini qu'il faut à une patine pour atteindre cette couleur fauve qu'elle s'est fixée. De toute façon, elle sait bien qu'elle n'aura jamais assez d'argent pour s'acheter des couleurs, des toiles ou du papier. Peindre, dessiner, c'est bon pour les riches. Et pourtant, c'est étrange, cette force qui la pousse à y penser, ce désir d'autre chose, d'inconnu et d'enfin neuf !

Sa docilité cependant n'est pas absolue. Elle n'est pas corvéable à merci et son caractère farouche aiguise en elle un sentiment de justice qu'elle ne manque pas d'affirmer, quelquefois avec violence. Sa rébellion déconcerte ses maîtres qui la trouvent décidément singulière, et il se dit même qu'elle peut répondre avec sécheresse aux remarques qu'on lui adresse si elle les juge désobligeantes pour elle, et qu'elle fait alors mal son travail, comme pour se venger. Elle refuse ainsi d'aller aux offices prévus pour les gens de maison et les journaliers des fermes environnantes. Elle dit que c'est humiliant et que l'Église est à tous, puisqu'on y prêche l'amour de Dieu. Dieu ferait-il des différences entre les gens ? Alors, elle va exprès aux offices des bourgeois, s'assied au milieu d'eux qui n'osent rien dire mais maugréent, s'en plaignent au curé, qui est bien embarrassé. Il faut la voir, sûre d'elle, se dirigeant, droite comme un I, dans l'allée centrale de l'église et chanter les cantiques. C'est à l'église justement que tout a commencé, cette affirmation de soi, ce désir d'égalité et quelquefois de supériorité qu'elle affiche, prétendant que son ange gardien lui donne des consignes, qu'elle au moins est en contact avec Dieu et ses saints...

On laisse faire, on laisse dire : tant qu'elle fait son travail...

Mais Séraphine change imperceptiblement. De nature timide, elle devient quelquefois provocante, généralement muette, elle peut s'emporter et se fâcher, abreuver de paroles son interlocuteur, puis retomber dans un silence impressionnant, presque inquiétant. On s'amuse un peu d'elle, mais comme elle n'est pas chère ni regardante à la tâche, on la laisse en paix.

L'est-elle vraiment au fond d'elle-même ? Rien n'est moins sûr. Au contraire, il semble qu'elle s'affronte à des combats intérieurs, à des vertiges, à des nuits qui la tourmentent. Elle n'en a pas complètement conscience, mais elle est encore suffisamment lucide pour constater qu'elle sombre dans une mélancolie qui l'accable, qu'elle parle dans un débit particulier. Quand on lui fait remarquer sa méchante humeur, elle s'emballe et elle demande qu'on la laisse seule, ruminer sa misère et son malheur, elle a, dit-elle, « ses imaginations », et elle a bien le droit de les avoir. Dans ces cas-là, elle travaille comme une forcenée. On la voit cirer, faire reluire les parquets, frotter jusqu'à l'épuisement les fonds de cuivre des casseroles pour qu'ils deviennent flambant neufs, et elle marmonne des phrases inintelligibles, comme des litanies.

On dit qu'elle fait ses dévotions, qu'elle chante ses psaumes, qu'elle prie le Bon Dieu et toute la Sainte Famille...

Peu à peu s'installe une évidence : entrer au couvent. Non pas pour devenir religieuse parce qu'elle n'en aurait pas la possibilité : quelle dot pourrait-elle apporter à la congrégation ? Mais pour servir les religieuses, faire leur ménage, aider à la cuisine comme elle sait le faire... L'important pour elle, c'est de se trouver à l'abri des hauts murs d'un couvent, être dans la clôture pour n'en plus sortir, ne plus connaître l'humiliation des maîtres. S'enfermer dans un monde à part. À cette époque, on disait « s'ensevelir dans un couvent », « s'abîmer dans sa solitude ». C'est bien cela qu'elle veut, cet enfouissement, cet anéantissement parce qu'elle croit que certaines choses s'exaucent dans ces abandons et se donnent.

En 1882, elle a dix-huit ans, et déjà tant de douleurs rentrées, de frustrations, de désirs reniés ! Tant de dénis de sa réalité intérieure, des émerveillements qu'elle a pu entrevoir et tenus cachés, comme des choses incomprises, des butins qu'il faut garder secrets !

3

Le plus lourd de ses secrets, hormis celui de son enfance, de sa douleur secrète de n'avoir pu connaître la douceur d'un foyer, de n'avoir pu se confier qu'à l'écoute docile des bêtes, d'avoir dû tant de fois ranger sa peine au plus loin d'elle-même, de s'être toujours sentie à côté des autres, sans que personne ne se soucie d'elle, et ne lui donne un peu d'affection, à part ce secret-là porté, enfoui en elle : l'histoire de Cyrille, ce jeune officier entrevu au cours d'un défilé et qui lui a promis de se fiancer à elle, à son retour de la campagne d'Algérie. A-t-il jamais seulement existé ?

Avec Séraphine, tout se vit avec des images, des clichés, des idéalisations empruntées à des images pieuses, à des scènes de vitraux, à des romans de la « collection bleue » achetés à des colporteurs, à des rêveries intérieures, à des fantasmes sublimés, à des arguments de contes de fées. Elle croit aux princes charmants, aux bonnes fées des forêts, aux baguettes magiques, à tout le peuple féerique des campagnes dont elle a entendu les récits dans les contes et légendes du Valois. L'idéalisation des peintres religieux de la Restauration, des poésies nervaliennes lui sont parvenues par bribes, au couvent, dans les cantiques, dans les livres d'images, dans les légendes de saints, dans tout le folklore de la piété populaire qui s'attise d'autant plus qu'il est menacé par la République laïque. Elle s'en imprègne comme le ferait une éponge, poreuse à tout cet album d'images qui la rassure et l'isole en même temps du monde extérieur.

De la sexualité, elle ne sait rien. Elle n'a pas les mêmes désirs et la même liberté de ton qu'ont décrits chez les femmes du peuple des écrivains comme Zola, Maupassant ou les frères Goncourt. Elle ne fréquente pas les filles qui vont au bal, elle ne veut pas voir celles qui se font trousser dans les champs de blé, elle n'a jamais bu d'alcool dans un quelconque Assommoir. Elle a toujours pris pour monnaie courante les menaces des bons catéchistes, ceux qui prédisent la chute dans l'enfer à ceux qui se laissent aller au péché de chair, considérant que l'amour charnel est une dépravation, un obstacle définitif pour être entendue de la Vierge Marie.

Elle a vu et repéré cependant le bel officier. Si élégant dans son uniforme, la poitrine étincelante de décorations et des galons frangés aux épaules qui le faisaient ressembler à un dieu. Elle s'est persuadée qu'il l'a vue, lui aussi, mieux encore : reconnue. Leurs yeux se sont croisés et de cet instant, leurs vies se sont reliées.

De cette histoire, nul n'a jamais rien su. Aucun témoin, aucune confidence. Ce n'est que bien plus tard, dans la solitude désespérée de l'asile psychiatrique, qu'elle la reprendra sans cesse, comme une toile qu'on tisse. Dans son délire, elle ne sera jamais avare de détails. L'histoire change un peu de forme, ce n'est jamais tout à fait la même, changeante selon son humeur, selon son auditoire. Tantôt elle prétend avoir connu Cyrille à seize ans, donc en 1880, deux ans avant d'entrer au couvent de Senlis, tantôt, il serait venu la chercher au couvent même, mais les religieuses lui auraient refusé un entretien avec elle… À seize ans, en tout cas, elle se voit comme une héroïne de Nerval, Sylvie, Aurélia ou Églantine, dansant une ronde dans une clairière. Elle est vêtue d'une robe d'organza blanche qui vole doucement au vent, elle porte une couronne de fleurs, elle a des mains graciles et presque diaphanes, elle porte une ceinture de volubilis autour de la taille, elle joue aussi à cache-cache dans les bouleaux.

Où a-t-elle puisé ces images édéniques ? À quels tableaux religieux préraphaélites s'est-elle attardée pour s'en souvenir aussi précisément dans sa nuit ? Toute sa vie est tirée d'images illusoires, de rêveries interdites à sa classe sociale, qu'elle engrange cependant et qu'elle nourrira. Elle dit encore que Cyrille est venu avec ses camarades rejoindre les jeunes filles éthérées de la clairière. Qu'il s'est glissé dans la ronde, lui a pris sa main pour la lui demander en mariage, qu'elle la lui a promise pour peu qu'il lui donne encore le temps de réfléchir, parce qu'elle n'est pas encore tout à fait prête. Il s'est assis auprès d'elle et de ses amies, il leur a raconté sa vie en Algérie, les terribles razzias dans les campagnes reculées de la Kabylie, les rencontres avec les bêtes fauves, les nuits toujours chaudes, les haltes dans les oasis : tout un monde orientaliste qu'elle dut s'inventer, toutes ces histoires abominables d'indigènes qui étaient cruels et qui coupaient à la base toutes les vignes, tranchaient la tête des soldats et des colons, comme ils le faisaient des fauves et des serpents… Cyrille lui dit qu'il l'épouserait à son prochain retour. « Je vous attendrai, avait-elle promis. Je prierai pour vous, tout le temps, pour que vous reveniez. » Elle l'avait laissé partir. Et son amour s'était comme retenu en elle, des mois elle l'avait attendu, mais il n'était pas revenu. Elle avait dès lors promis qu'elle ne se donnerait qu'à la Vierge Marie d'où viendrait, seul, le salut.

Cette idée de la peur, du rachat, de la rédemption par la prière est très ancré en elle. Il évacue toute aspiration au désir charnel, ouvre grandes les portes au vœu de chasteté, à l'éradication presque totale du désir. C'est à Marie qu'elle se confie désormais, qu'elle donne tout son amour. D'ailleurs, elle voudrait ne plus penser, être presque une machine, bonne à faire reluire, à cirer, à laver le linge au lavoir, jusqu'à ne plus sentir ses doigts gourds, de froid et d'engelures, une machine à travailler. Et le soir connaître cet évanouissement bienheureux, cette plongée dans le sommeil, cet enivrement. Presque une béatitude.

Ils ne sont plus pour elle, les charmants cantiques d'amour du Valois, les douces mélodies de Mortefontaine dans les futaies aux charmes alanguis. Elle ne les fredonne plus dans ces nuits de veille, talonnée par d'autres prières, d'autres emprises :

Aimable, aimable printemps, fais naître
Autant d'amours que de fleurs.
Tremble, tremble, Séraphine
Dès qu'il commence à paraître
Il fait cesser les froideurs
Mais ce qu'il a de douceurs
Vous coûtera cher peut-être

Séraphine

Tremble, tremble, Séraphine
L'aimable printemps fait naître
Autant d'amours que de fleurs.

Cyrille, d'une certaine manière, s'est fiancé à elle. Il lui a fait connaître les affres de l'attente et les délices d'un regard posé sur elle, il l'a pénétrée de sa douceur et de ses yeux profonds, elle s'en souviendra toujours, même recluse, dans la pauvreté de l'asile… Couchée sur la pelouse, c'est pour nourrir les enfants de Cyrille qu'elle croit porter, qu'elle broutera, affamée, dans la nuit de la guerre, l'herbe maigre des plates-bandes…

4

1882. Elle fait toujours ce qu'elle dit, ce qu'elle pense, elle suit son petit chemin, se trace un destin. Elle refuse de s'enfermer dans sa condition de femme de ménage, de bonne à tout faire, de simplette dont on exigerait tout. Elle sait lire, écrire, et elle a acquis par là une certaine supériorité par rapport aux bonnes de son âge. Ce n'est pas à elle qu'on en remontrera. Les quelques heures qu'elle a faites dans des maisons religieuses de Compiègne l'ont convaincue que là était sa voie : elle serait bien protégée à l'abri des couvents, dans la paix des prières. Et puis tout ce rituel répétitif lui plaît bien, toutes ses prières, tous ses cantiques répétés inlassablement donnent le vertige, transmettent finalement quelque chose qui est hors de l'ordinaire, merveilleux, d'un autre monde.

Elle se présente un jour de 1882 à la porte de Saint-Joseph-de-Cluny à Senlis pour, croit-elle, y rester toute sa vie. Elle sera la figure anonyme de ce couvent, partout et nulle part, au jardin, à cueillir des fleurs pour les grands bouquets de la chapelle, au potager pour les légumes, dans les longs couloirs des bâtiments pour cirer les parquets, dans l'église, rarement auprès des religieuses mais discrète, au fond de la nef à entendre les chants délicieux qui lui semblent provenir du paradis. Elle resterait des heures dans cet environnement suave, bercée par les cantiques, enivrée par l'encens, fascinée par les voix grêles des moniales. Elle aime ce monde clos, à l'abri de tous les regards extérieurs, ces visages presque cachés dont elle croise à peine le regard, ces silhouettes rencontrées dans le cloître, si graciles, si évanescentes qu'elles semblent immatérielles. Le rythme lui convient, entre vie communautaire et vie cellulaire, elle aussi se prétendant vouée à ce silence, à cet ordre secret. Elle prétend qu'elle a au fond d'elle-même prononcé ses vœux, qu'elle restera là jusqu'à ce que le Bon Dieu ne veuille plus d'elle. Elle éprouve, le soir, en rejoignant la petite chambre mansardée sous les combles que la mère supérieure lui a désignée, une paix infinie, et elle s'endort toute remplie des émotions éprouvées dans la journée, olfactives surtout, visuelles, tactiles. Il y a, durant cette période ensevelie, une forme de bonheur et de paix qu'elle vit sans que ses « petites fantaisies », comme on disait à Compiègne, ne soient trop visibles. Personne ne réclame Séraphine pendant vingt années, personne ne lui a jamais vraiment parlé.

Dans cette solitude assumée, à laquelle elle ne trouve rien à redire, va se nourrir une angoisse larvée, des défenses psychiques vont tomber, si bien qu'elle va se trouver démunie, fragilisée. Elle se dit sans hésitation la servante de Dieu, prend à son compte les paroles du *Magnificat*, fait son travail avec une ténacité et une vaillance qui satisfont pleinement les religieuses. Quelquefois elle ose dire qu'elle aimerait elle aussi devenir « bonne sœur », porter leur longue robe, leur voile, mais la sœur tourière avec laquelle elle parle le plus souvent, lui fait vite entendre que ce n'est pas possible, considérant sa naissance, son éducation. « Soyez humble, Séraphine, Dieu vous veut ainsi », lui a-t-elle dit. Alors elle chasse cette idée de sa tête et elle ne demande plus rien. Il ne faut pas laisser la place aux tourments, au ressentiment, aux reproches. Les heures régulières, la sécurité qui règne dans le couvent, la bienveillance des sœurs et surtout la dimension magique des offices et des chants la comblent suffisamment pour se révolter.

La projection constante dans un monde surréel, la beauté des retables et des peintures, la poésie des cierges et des petites veilleuses, tout lui donne la certitude d'être comblée, presque élue. L'impression générale de clôture conforte ses tendances à la solitude et à l'enfermement. Elle s'y plonge pendant ces années, vides et pleines tout à la fois, coupée du monde et en même temps disponible à tous les possibles…

La piété populaire en ces années qui précèdent le XXe siècle s'attache beaucoup au culte marial. C'est la grande époque des apparitions où de jeunes enfants, généralement incultes ou même simplets, deviennent des voyants : Notre-Dame de Lorette, Notre-Dame de Lourdes apparaissent ainsi à des bergers et exaltent l'imagination populaire. Lourdes devient, précisément au moment où Séraphine entre au couvent Saint-Jospeh-de-Cluny, le haut lieu de la piété mariale : l'imagination populaire s'est comme embrasée, des foules se rendent à la Grotte de Massabielle et croient voir à leur tour la Vierge Marie. La polémique fait grand bruit dans tout le pays, et chacun a son idée à ce sujet : Séraphine la première qui croit, elle, en la vérité de Bernadette

Soubirous et la prie comme toute la communauté de Saint-Joseph. L'Église a souhaité en ce renouveau marial restaurer le culte qui lui est dédié par des pompes très ostensibles. Partout, ce ne sont que processions, mois de Marie suaves qui ressemblent à des corsos fleuris, autels tapissés de lys et de roses, vastes tableaux nommés « guirlandes de Marie » représentant des Vierges à l'Enfant, entourées de couronnes de myosotis, de campanules, de volubilis… Les frères Flandrin et tous les peintres de l'École de Lyon fournissent les imagiers de Saint-Sulpice, c'est une débauche d'images pieuses, toutes plus inventives les unes que les autres dans lesquelles les fleurs ont la part belle : images à systèmes où jaillissent parmi des buissons de roses et de fleurs symboliques comme le myosotis ou le chèvrefeuille, la Vierge exquise dans des poses alanguies et extatiques.

Toute cette imagerie fait rêver Séraphine qui associe les fleurs à l'apothéose de Marie, à son triomphe dans une France qui aurait retrouvé ses racines chrétiennes après les années révolutionnaires. Mais plus encore que le rêve, la richesse du culte marial l'intègre à tout un réseau floral, à tout un imaginaire féerique où les fleurs triomphent et sont objets du culte, liées ainsi au mystère divin. Comme elle veut être cette âme pure pour accéder enfin au statut de religieuse, elle pratique beaucoup, prie, assiste à la messe tous les jours, suit les processions dans la ville, entretient une vraie relation avec la Vierge, en la priant tous les soirs devant une petite statue de plâtre. Elle ne manquerait pas pour un empire les cérémonies du mois de mai, les neuvaines, elle égrène chaque jour son chapelet, et surtout, parle directement à Marie. Peu à peu elle devient sa confidente, et comme les religieuses ne sont guère liantes, elle s'est trouvée une interlocutrice qui ne la décourage jamais. Quelquefois, quand une sœur passe devant sa petite chambre, il n'est pas rare qu'elle entende Séraphine en grande conversation avec la Vierge, lui racontant sa journée, lui réclamant plus d'attention, la priant de ne pas l'abandonner…

Vingt années passent dans ce lieu clos. Vingt années où vont s'engouffrer des impressions, des émerveillements, des rêveries, des idéalisations, des émotions qui isoleront d'une certaine manière Séraphine du reste du monde, des soucis habituels des gens de sa condition. Au couvent, elle sait qu'elle ne manquera de rien, qu'elle aura toujours de quoi manger et un lit pour dormir, les religieuses ne sont pas exigeantes et dures comme ses anciennes maîtresses. Tout ce qu'elle vit va s'engloutir dans un puits obscur qui la travaille déjà en sous-main, ne la harcèle pas encore, mais dont elle ressent cependant la vibration, le murmure étrange, inconnu. Mais tout n'est pas paisible pour elle. Déjà la folie guette discrètement. Elle est alors, dit-elle, témoin d'histoires affreuses et d'affaires criminelles abominables. « Pour des histoires de rien du tout, confiera-t-elle plus tard au psychiatre de Clermont-de-l'Oise, le sang coulait. J'ai vu, par exemple, la sœur Valentine assassinée par la sœur Angélique à cause d'une histoire de café. J'ai été témoin de toutes les scènes. J'ai tout vu, monsieur le docteur, tout vu, c'est pour cela que je suis portée dans les archives du commissariat comme agent de la police secrète. »

Les prières, les dévotions recouvrent tout cependant, font illusion. Elles relèguent au fond d'elle-même les angoisses, les tensions.

Peut-on parler d'une mystique primaire ? À sa façon, Séraphine vit le même enfermement que les petites saintes de l'Église, toutes celles qui ont façonné l'histoire des saints. Et dans cet enfermement, elle vit sans encore sans s'en rendre compte des éblouissements, des émerveillements. Le motif de l'apparition ne lui est pas étranger. Sa manière de parler avec la Vierge relève du même mystère que celui de Bernadette ou des petits bergers de Lorette. Elle croit dans son âme restée enfant à ces prédilections, à cette attention soutenue que Marie ou Jésus peut avoir pour les plus humbles. Elle croit à cette forme du salut, naïve, puérile. La richesse des broderies, des chapes, des retables, des bannières crée en elle une stupéfaction, une propension à la vision, une ferveur qui va l'exalter des années durant, créant en elle tout un réseau d'images, de bouquets, de décors floraux associés directement à l'idée du paradis qu'elle réinvente chaque jour dans ses propres rêves mais aussi dans sa conscience.

Peu à peu s'installe un monde magique dont elle n'est pas exclue, au contraire elle y est accueillie et aimée. Elle en connaît les arcanes et les secrets, elle s'y promène, familière des lieux. Ce qu'elle pense est, de surcroît, confirmé par les prêches du curé, le dimanche. Le paradis appartient aux pauvres et aux humbles, ce seront eux les premiers dans le Royaume du Père.

Les paysages des grands tableaux de l'église offrent à sa vue des décors idylliques, des campagnes apaisées, des jardins splendides où il est dit qu'elle se promènera un jour. Dans ces années en apparence tranquilles, où l'excentricité de Séraphine est discrète, on pourrait presque parler de « ses années heureuses ». D'un temps momentanément apaisé où l'anxiété et la peur de la solitude n'ont pas existé, où elle s'est sentie en paix avec elle-même, dans un lieu qui, lui-même, respirait l'ordre et la tranquillité. Elle pense peut-être que ce n'est pas la vraie vie mais elle convient que la régularité des horaires, le silence, l'odeur de cire qu'elle enduit sur tous les meubles et sur tous les parquets endorment sa violence intérieure, jouent sur elle comme ferait un puissant lénifiant.

Où est la Séraphine bougonne de Compiègne, celle qui se révoltait contre ses maîtresses, qui pestait contre leurs exigences ? Tout semble s'être enseveli. Les angoisses, les peurs secrètes, les malheurs profonds, ceux qui remontent de l'enfance, tout s'est comme effacé, gommé. Mais l'ordre impeccable du couvent va finir par la tourmenter. Elle se sent fatiguée de la régularité des jours et des années, elle s'irrite même de ne pas, comme elle dit, « avancer », de faire toujours la même chose et se plaint souvent de maux de tête, de bouillonnements intérieurs qui feraient éclater sa tête. Ce qu'elle a supporté s'écroule maintenant. Elle parle de quitter le couvent, mais la sœur tourière l'en dissuade : « Que deviendriez-vous, toute seule, sans famille, sans toit ? Croyez-moi, vous êtes bien mieux ici, Séraphine, toutes les sœurs sont votre vraie famille. » Elle acquiesce, elle croit se rendre à la raison, mais a-t-elle envie justement d'être raisonnable ? De toute façon, chez elle, si une idée lui trotte en tête, elle n'a de cesse que de l'accomplir. Elle devient idée fixe, obsession. Elle dit d'ailleurs que quelque chose pousse en elle qui l'oblige à cette idée, qu'elle n'en est pas le maître. Si elle la contrait, elle s'échapperait de sa tête, ferait à sa volonté. Il faut bien l'écouter, dit-elle, sinon, je deviendrais folle. Sa prétendue vocation n'est que substitut et mensonge à elle-même, « vous blasphémez, Séraphine, revenez à vos prières, faites pénitence », lui dit toujours la sœur tourière, mais elle ne l'écoute pas.

De docile, elle devient révoltée, son visage, fruste et paysan, s'alourdit d'une mauvaise colère, elle dit qu'elle a de mauvaises pensées, qu'elle a du ressentiment pour les religieuses qui ne l'écoutent pas et même le plus souvent l'ignorent, qu'elle n'est bonne qu'à travailler, que pourtant elle est capable elle aussi de prier, de chanter. Quelquefois elle se hasarde à chanter avec les moniales, mais très vite, la mère supérieure lui fait comprendre qu'il lui faut se taire, qu'elle perturbe le chœur des religieuses, « chantez, ma bonne Séraphine, mais dans votre chambre, ou dans les couloirs, mais pas dans le chœur ». Les exercices spirituels auxquels l'oblige la supérieure la rongent de l'intérieur. Elle dit qu'elle se sent « broutée », la pratique pieuse ensevelit ses désirs, refoule tous ses appels intérieurs qui lui disent de partir, de franchir une fois pour toute la lourde porte du couvent et de reprendre sa liberté. L'enfouissement de Bernadette Soubirous à Nevers est souvent invoqué par les religieuses pour la dissuader de partir. « Faites comme Bernadette, Séraphine, elle au moins a su renoncer à tout, pour la gloire de Marie, elle a accepté de se faire toute petite, de n'être, dit-elle, qu'un balai derrière la porte. Elle s'est mise au service exclusif de Marie, et en éprouve une grande joie, dit-on. Prenez exemple sur elle, ne vous laissez pas envahir par des pensées qui ne viennent pas d'en haut, à coup sûr. » Mais Séraphine n'a pas peur des sous-entendus de la mère supérieure. Elle est sûre que ce n'est pas Satan qui la tente, non, ce serait plutôt quelque chose de plus radical en elle, de plus lointain, qui ne veut pas blasphémer mais qui étouffe. Plus elle veut tempérer sa passion intérieure et plus elle s'attise, la nuit, elle ne dort plus en paix, elle tourne et se retourne dans son lit avant de trouver le sommeil, vers trois heures du matin, « l'heure du diable, méfiez-vous, Séraphine, vous êtes en danger », lui dit la sœur tourière à laquelle elle confie ses malheurs et ses doutes. Alors, pour étouffer tout ce remue-ménage qu'elle sent en elle, elle se remet dès la première heure du jour à travailler, à frotter, à cirer, à faire briller les cuivres, à chanter à tue-tête dans les grands couloirs qui sentent la cire de miel, à composer des bouquets... « Vous êtes bien matinale, Séraphine, lui disent en passant les religieuses. Rejoignez-nous à l'église. » Elle y va toutes affaires cessantes demander pardon pour ces nuits agitées, pour ses mauvaises idées, elle promet de ne servir que l'Église, mais chaque jour, la même envie de fuir, de rejoindre sa propre vie : elle la sent mouvementée, sauvage, puissante. « Oui, pardonnez-moi, Bonne Mère, supplie-t-elle, je fais ici un travail qui ne vous sert pas. Donnez-moi la force de m'en aller, car je veux partir pour vous, pour vous glorifier. Ce sont mes voix qui me le disent. »

Depuis quelque temps, les religieuses la trouvent changée, elle est moins alerte, moins vaillante, plus secrète aussi. Elles n'ont plus la même confiance en elle, s'agacent même de ses excentricités, de ses mots un peu trop audacieux, de ses tenues souvent négligées, de ses petites cachotteries.

Elles ne savent pas tout de Séraphine, mais Séraphine non plus ne sait presque rien d'elle. D'où vient cette souffrance intérieure, comme un cri bâillonné, d'où vient cette gorge sèche qui réclame d'autres soifs ? Elle sait que si ce cri devait un jour sortir, il briserait par sa force et son intensité les vitraux de l'église, il effraierait les pauvres sœurs, il dirait tant de douleur et tant de solitude, tant de jours anéantis, d'élans fracassés, de vie qui de nouveau coulerait, forte comme une crue, et charrierait tant de couleurs…

5

Elle ne se plaint jamais de son sort, au contraire, elle dit « se sentir bien au couvent » et trouve « le travail guère accablant ». Ce sont ses propres mots. Mais quelque chose d'irrésistible se saisit d'elle en cette année 1902. Elle sait à présent que c'est son heure, qu'il faut partir. Tout ce qu'elle a accumulé d'énergies frustrées, de forces remisées au fin fond d'elle-même demande à s'échapper. Personne ne peut la dissuader de son projet vitaliste, les religieuses finissent même par admettre son départ devant la poussée violente de son désir, devant ces flux de vie qui s'impriment sur les traits de son visage.

Tantôt elle se sent fatiguée, lassée des « chamailleries », dit-elle, avec certaines religieuses et tantôt elle s'excuse de ses « caprices », mettant sa décision sur le compte de ses idées fantasques, comme pour se faire pardonner. Elle part donc du couvent, se faufile seule dans les rues étroites de Senlis, longe les hauts murs et se retrouve face à elle-même. Elle est prise d'une certaine ivresse en traversant la ville. Elle aime cet air vif qui court entre les rues, cette manière que les maisons ont de se pelotonner les unes contre les autres, et cette flèche de la cathédrale qui s'élance dans le ciel comme une prière ou un cri. Le ciel est pur en ce début du printemps, les toits d'ardoise donnent à la ville une élégance aristocratique, les maisons sont souvent protégées de hauts murs d'où retombent des brassées de glycine, d'où s'échappent des bouquets de lilas. Elle dit que « Senlis a la tête sur les épaules ». Elle n'y est toutefois pas très connue, confinée qu'elle était dans l'enceinte du couvent. C'était comme si elle avait abdiqué toute vie sociale, puisque les religieuses subvenaient à tous ses besoins, quelquefois elle s'était risquée aux abords du marché, s'était laissé tenter par un panier d'osier, un métrage de coton, quelques savons, un almanach, « des coquetteries », disait-elle, qui la satisfaisaient, lui donnaient l'impression d'être comme les autres.

Pendant ces vingt années de réclusion pleinement acceptée, elle n'avait pas suivi les modes, elle s'habillait toujours comme dans les années 1880, avec des jupes de sarrau noir, des corsages qui remontaient jusqu'au cou, et qu'elle fermait d'une petite broche de perles de jais, unique fantaisie qu'elle s'était accordée il y a longtemps déjà, un petit chapeau de paille noir piqué d'une épingle à cabochon et ses légendaires fichus superposés qui lui donnaient l'allure d'une vieille fée des anciens temps, égarée en ville. On la regardait mi-amusé mi-inquiet parce qu'on ne savait pas si elle était agressive, elle parlait à elle-même, menait grande conversation intérieure, ou quelquefois encore priait la Vierge Marie. Elle portait aussi à son bras un petit panier ou une sorte de baluchon de coton plié aux quatre coins qu'elle nouait entre eux pour faire une anse. On disait : « Tiens, c'est la bonne du couvent qui va faire son marché ou qui va à vêpres. » Elle s'était ainsi forgé une réputation d'originale, de moitié folle qu'elle n'était pas encore, et parce qu'elle était seule, qu'elle n'avait pas de véritable foyer, on se moquait d'elle.

Elle est maintenant munie de bons papiers de recommandation que lui a fournis la mère supérieure, louant sa discrétion et sa vaillance, elle les a bien pliés dans une pochette qu'elle a glissée dans la grande poche intérieure de sa jupe. Elle sait où se rendre, car elle a déjà pris quelques contacts, elle ne se soucie de rien, comme si elle se sentait portée par la Providence, de toute façon, elle sait qu'elle trouvera facilement du travail, parce que de toutes celles qui se louent dans les maisons bourgeoises, elle sera la moins exigeante.

Sa trace se perd une nouvelle fois dans la ville. La vie de Séraphine est ainsi faite de trous qui la rendent encore plus étrange, plus insaisissable. Elle fait penser à ces vies de saints d'autrefois, à ces hagiographies reconstituées par de bons prêtres, à ces légendes dorées où l'existence de ces saints est aléatoire, presque immatérielle. Que sait-on aussi de ces vies d'artistes errantes et improbables, de ces vies de pèlerins sur les routes ? Que sait-on des années incertaines de Giotto ou de Botticelli, de Jean de la Croix ou de saint Augustin, des années de jeunesse, sur les routes d'Italie, de Jean-Jacques Rousseau ? De ces années passées sous silence que le temps a effacées, de ces années absorbées par la nuit, si insignifiantes, si apparemment dérisoires que nul ne les a retenues, et pourtant fondatrices, si éclairantes ?

On la retrouve, comme un feu follet, ici ou là, à Compiègne ou à Senlis, quelques mois dans une famille où elle ne se sent pas bien, une année dans une autre, se consacrant aux travaux noirs. Elle ne gagne presque rien, elle est logée et nourrie. Quelques sous pour ses besoins personnels. Comme elle est en apparence si docile, on lui donne les tâches les plus ingrates, les travaux les plus pénibles. On ne lui demande rien sur sa vie, les jours fériés, on l'abandonne à elle-même, jamais elle ne fête Noël ou Pâques avec d'autres personnes, elle n'a pas d'amis, elle ne voit plus sa sœur ni quelques cousins éloignés. Les jours de solitude, elle dit qu'elle est seule au monde, qu'elle pourrait mourir sans que personne ne le sache : que faudrait-il faire pour qu'on la voie, pour qu'elle existe vraiment ?

Elle ne regrette pas cependant d'être partie de Saint-Joseph-de-Cluny, en elle toujours cette certitude tenace, brutale que quelque chose va advenir. Au fond d'elle-même, elle dit avoir l'assurance que la Bonne Mère la guide et la protège. Alors elle la laisse faire, elle ira où il faudra.

Sa trace n'est jamais perdue. Elle rôde toujours dans cette région de l'Oise, à la lumière si fine, à la nature si gracieuse. Quelquefois, elle sort de la ville, Senlis ou Compiègne, et elle va dans les bois. Elle apporte quelques provisions dans son baluchon, et elle pique-nique dans une clairière, s'imprègne de la nature, aime son abondance. Au printemps, elle dit que ce qu'elle préfère, c'est de voir la sève gorger les buissons et les taillis. Elle si grossière en apparence, a des grâces de jeune fille, s'émeut devant les premières feuilles graciles à peine dépliées des noisetiers et des ormeaux, devant des plumes de faisanes prises aux épines des ronciers : les traces de sa future peinture…

Cette période est quelque peu éclairée par les observations d'un interne de service du 2 novembre 1933, qui rapportera ses paroles, au début de son internement à Clermont-de-l'Oise : « En 1902, j'ai été placée, dit-elle, chez Mlle Fraissant dans un pays tout près de Saint-Just. Je ne m'y plaisais pas, je l'ai quittée six mois après. Alors je suis allée trouver Mme de Baligny, qui m'a placée dans une maison bourgeoise, chez Mme Baudin, où le travail était trop dur et où je ne plaisais pas non plus. J'ai écrit à Mme Bonnet en lui souhaitant la bonne année et en lui disant que j'étais trop fatiguée pour garder ma place. Elle habitait rue de Paris à Senlis. Elle m'a répondu : venez vous présenter de suite chez une amie à moi, Mme Mouy, dont le mari est mort et la bonne à l'hôpital. Je suis restée chez Mme Mouy jusqu'à la fin de 1904 parce qu'elle est allée, après, habiter à Paris et qu'il ne me plaisait pas de l'y suivre. » Elle a tout juste quarante ans. Elle a conservé cette silhouette lourde qu'elle avait dès sa jeunesse, en elle, une fatigue secrète, des tourments imprécis, qu'elle voudrait bien chasser quand ils l'accablent et la cernent. Ses maîtres la trouvent bizarre, mais efficace, elle est sombre et taciturne, ne cherche pas à lier des relations, à fréquenter quiconque, à parler même. Quelle est cette obscure voix qui la harcèle, les jours et les nuits, indifféremment, qui ne se nomme pas et dont elle sent pourtant la présence, cette sorte de poids qui l'embrume et la rend si peu communicable aux autres ?

Son travail ancillaire se poursuit au gré des caprices et des déménagements de ses maîtres. « De 1904 à 1906, je me suis placée, dit-elle encore, chez un avocat,

M. Chambard. Mme Chambard n'était pas bonne avec moi. »

Un jour enfin, elle se rend à ses désirs profonds, ceux qui la taraudent et la gagnent à chaque fois davantage. « Il faut, lui dit sa voix intérieure, il faut que tu sois libre, que tu habites chez toi, que tu accomplisses ce que la Bonne Mère veut pour toi. » De cette voix, elle en est sûre, elle sait que naîtra quelque chose de neuf et d'éblouissant. Pas besoin de travailler chez d'autres à temps complet, Dieu pourvoira à tout, il ne suffira que de se nourrir et de se loger, elle se privera de tout, mais elle acceptera la poussée secrète qui lui dit de tout abandonner de nouveau, de se présenter devant la Vierge sans aucun bagage, seulement avec ses mains qui savent si bien faire briller les cuivres et les parquets.

Elle trouve un très modeste appartement au premier étage du n° 1 de la rue du Puits-Tiphaine, une petite maison de pierres meulières, à la cage d'escalier étroite et sombre, une pièce unique avec une souillarde pour cuisiner, où elle peut à peine se retourner, une fenêtre, haute, une seule, qui donne sur d'autres maisons de pierre. La lumière du jour y entre chichement, mais qu'importe ? Elle saura les dimanches aller dans la forêt de Compiègne, faire provision d'amples paysages, surprendre la rumeur des bêtes et des plantes, rêver devant les nuages qui traversent le ciel, s'enivrer des parfums sauvages. Elle entre dans sa nouvelle maison comme une communiante entrerait dans l'église : avec une naïveté de jeune fille, une innocence. La chambre est déjà meublée, une paillasse dans un lit de fer forgé, un petit chevet de bois, une chaise de paille, une table. Il suffit de placer ses quelques objets personnels, sa Vierge de plâtre, un crucifix, quelques linges de première nécessité, et un peu de vaisselle que lui a donnée madame Mouy, ébréchée, dépareillée mais « qui pourra vous servir, ma bonne Séraphine ». Avec une épingle, elle agrafe au-dessus de son lit une image pieuse de la Vierge Marie, la poitrine traversée de sept glaives et une autre du Sacré-Cœur, pleurant des larmes de sang : deux chromos qu'elle a achetés à un colporteur. Il lui suffit de cela seulement, de cette cellule de religieuse laïque, qui a prononcé d'autres vœux, de solitude et de fidélité. De pauvreté et d'obéissance. Sur le rebord de sa fenêtre, elle a installé un petit garde-manger, pour y placer ses pauvres repas. Elle est maintenant toute disponible à sa voix intérieure.

Le premier soir, elle l'a attendue et elle n'est pas venue. Mais elle a gardé confiance. Elle croit que Marie ne peut pas l'avoir trahie. Elle a tout abandonné pour elle. Il faudra bien qu'un jour elle parle, comme elle a parlé à Bernadette Soubirous.

Dans la petite ville si riche, si glorieuse d'histoire, sait-on qu'il y a une humble femme de ménage qui attend son heure ? Qui est toute tendue à l'appel de sa voix secrète ?

Au fond de la ruelle, on peut voir une lumière falote vaciller. C'est que Séraphine ne dort pas, elle veille très tard. Que fait-elle au juste ? Rien à proprement parler, rien que de remâcher ses litanies, d'égrener son chapelet, de parler à sa Bonne Mère. « Vois-tu, maintenant que je t'ai obéi, Sainte Mère, il ne faut pas que tu m'oublies. Souviens-toi de ta pauvre Séraphine qui a tout quitté pour toi. Que veux-tu que je fasse ? Que veux-tu pour moi ? Car, sais-tu, je saurai faire de grandes choses si tu me le demandes. Il suffit que tu parles. »

Séraphine

En ville, on commence à jaser sur le « cas Séraphine ». « Oui, dit-on, elle est décidément bien étrange, la brave femme. Toujours à parler toute seule, elle ne perdrait pas la tête ? » Séraphine n'ignore rien des ragots et des médisances. Elle s'en moque un peu, elle est ailleurs. En route vers d'autres lieux.

6

Sa vie ressemble à une vaste légende du temps gothique, où se mêlent la misère d'une petite paysanne et la splendeur des cathédrales, toute la promesse des évangiles qui dit que les derniers seront les premiers, que les plus nécessiteux seront les mieux lotis et les plus aimés dans la maison de Dieu. Le silence de Séraphine est travail à bas bruit de sa vocation, à elle encore inconnue, non révélée. Mais elle sait que de grandes choses vont survenir, elle en est sûre, et se rit pour cela de ceux qui se moquent de ses attifements, de ses élucubrations, de ses « saintes colères » comme elle dit quand on lui refuse d'assister à la messe de onze heures parce qu'elle n'est qu'une femme de ménage. Elle est une paroissienne très pieuse, mais refuse de se rendre aux offices autorisés pour sa condition, elle aime particulièrement arpenter les nefs latérales, se recueillir dans les petites chapelles, tenir conversation avec Marie et tous les saints. Elle n'est pas accablée par la majesté de la cathédrale, au contraire, elle voudrait s'élancer comme sa flèche vers le ciel, rejoindre ce paradis tant espéré auquel elle croit qu'elle accédera parce que Marie l'en a assurée. À son passage, on se donne des coups de coude pour en rire, mais bien qu'elle le voie, elle n'en est guère affectée. Elle est tout à l'écoute de son ange gardien en lequel elle a une confiance absolue, quelquefois elle le presse d'être son messager pour Marie : « Allez lui parler, mon bon ange, dites-lui que j'attends son appel, qu'elle me dise enfin ce qu'elle veut faire de moi, parce que je ne peux pas rester ainsi, à attendre, à ne rien faire. Dites-lui que je suis prête. »

Elle espère et elle attend.

Elle admire les grands tableaux pendus aux cimaises des hauts murs, les Annonciations particulièrement parce qu'elles racontent la venue de l'ange dans la chambre de l'élue, toute surprise dans son travail. Elle se dit qu'un jour aussi, l'ange viendra lui annoncer la bonne nouvelle, le plan que Dieu a voulu pour elle, et alors elle commencera son travail avec l'ardeur des braves, sans dormir même s'il le faut. Elle collectionne les petites images de piété que lui donne l'archiprêtre de la cathédrale, ému lui-même de la dévotion naïve de Séraphine, images d'un monde spirituel réinventé par les imagiers de Saint-Sulpice qui ne reculent devant aucune invraisemblance, mais plongent ceux qui regardent les petites vignettes dans un abîme de féerie et dans l'émerveillement. L'ange gardien veille les enfants qui vont tomber du pont, il a de grandes ailes blanches et une robe de fée, son visage ressemble à celui des poupées, aux traits bien dessinés et à la chevelure qui tombe en boucles. L'ange aussi vient illuminer la chambre de Marie, il l'appelle et l'informe du désir de Dieu. Toutes ces images que Séraphine a vues entretiennent une sorte de dialogue continu avec le monde spirituel auquel elle s'adresse sans complexe, sans retenue aucune. Elle croit à ces correspondances privées que le Ciel accorde à ceux qu'il a choisis et elle en sera...

Elle n'a aucune vocation particulière, quelque manie singulière qui pourrait faire d'elle la bouquetière de Marie, sa couturière, le peintre de ses apparitions, la cantatrice de ses psaumes... Elle est seulement disponible à tout. Dieu et Marie la rempliront de leurs grâces. Elle les invoque chaque jour, trouvant que les temps pressent, qu'elle commence à se faire vieille et alors comment pourrait-elle bien les servir ?

Peu à peu se met en place une petite mystique de l'amour marial, se trace une modeste voie pour y accéder. Le cheminement va s'amplifier dans ses années 1904-1906, reléguant toute autre activité au secondaire ou au subalterne. Toute sa tension intérieure, son énergie sont mises au service de cette attente. C'est cet état de disponibilité qui va permettre à ses voix intérieures d'enfin intervenir, de se faire entendre.

Tout ce qu'on peut savoir d'elle vient de ses propres aveux, lâchés dans la misère de Clermont-de-l'Oise à des infirmiers ou à des psychiatres qui ont des milliers de cas à soigner à cette époque. C'est dire que ses paroles, bien que répertoriées, s'abîment le plus souvent dans un puits noir, se perdent dans la grande Babel de l'asile.

L'appel survient enfin. Elle entend, dit-elle, la voix de son ange qui l'informe du vœu de Marie. Elle est dans une des chapelles latérales de la cathédrale, elle est à genoux, elle écoute ce à quoi elle s'est depuis longtemps préparée : « Mets-au au dessin, Séraphine, peins pour la gloire de Dieu, c'est le désir formel de Marie. Je reviendrai pour te donner d'autres consignes. Marie elle-même t'apparaîtra pour te commander des toiles. » Elle accepte l'injonction. Elle ne sait pas comment elle va s'y prendre, mais sa confiance est illimitée. Dieu fera en sorte de lui faciliter toutes les tâches. Dieu guidera sa main. Elle regarde justement ses mains, lourdes et déformées par les mauvais traitements, rien à voir avec celles si fines des vierges des peintures, mais ce seront ses mains, dit-elle, qui rendront grâce et porteront les plus belles fleurs à Marie.

Comme d'habitude, elle ne conteste aucun ordre, comme elle lave les sols à grandes eaux, à genoux, elle peindra de même, à genoux, comme font les saintes en extase qu'elle a vues sur les grands tableaux.

Avec ses petites économies, elle se rend chez le marchand de couleurs, achète de la peinture, de la gouache et quelques tubes de peinture à l'huile, des pinceaux, une toile. Le marchand a l'air un peu amusé, quelle excentricité s'est donc emparée de Séraphine ? Qu'a-t-elle encore inventé ? Elle retourne chez elle, ferme bien sa porte, ses volets et ses fenêtres. Elle ne sait pas même ce qu'elle va peindre. Elle dit que c'est son ange qui va tout dicter, elle n'est que passage, que véhicule qui mène à Dieu. Elle ne connaît rien de toute manière à la peinture, au milieu des artistes, elle n'est jamais allée dans un musée, elle a seulement vu des œuvres d'art dans les églises et au couvent. Elle dit d'elles que ce n'est pas de l'art mais des louanges. Elle est chez elle, éclairée à la lumière fragile de ses bougies et elle attend. L'ange va conduire sa main. Elle est très émue, ce soir-là, où elle attend sa venue, dans un bruissement d'ailes qu'elle seule pourra entendre...

Elle dira encore que l'ange ne lui a imposé aucun motif, seulement des prières qu'elle saura transformer en formes sur la toile ou la feuille de papier. Elle qui n'a jamais tenu un pinceau de sa vie s'y essaie de ses doigts presque gourds. Spontanément, ce sont des fleurs qui apparaissent, uniquement des fleurs, des entrelacs de pétales et de feuilles, semblables à ces couronnes brodées de fleurs qu'elle a toujours vues au fronton des autels ou bien encore brodées sur les chapes et sur les bannières de procession. Elle le sait maintenant : les fleurs peintes seront sa manière de célébrer la Vierge, un cantique d'amour qui s'élèvera vers elle. Elle a soudain des délicatesses de jeunes filles, ses mains massives agencent avec une grâce de fée dans des paniers de paille tressée des campanules et des marguerites, des boutons d'or et des digitales, des hampes de muguet et de lilas qu'elle va cueillir à la sortie de la ville, aux haies des maisons de maître qui en débordent. Elle commence timidement par de petits paniers en forme de cruches où elle dispose sagement des fleurs, des marguerites et des aubépines. Ce sont des fleurs des champs qu'elle affectionne particulièrement parce qu'elles sont l'humble offrande de dévotion. Il y a aussi des branches de myosotis et de fins épis d'avoine pour étoffer le bouquet.

Dans le logis obscur du Mas-Tiphaine, règne une activité frénétique, presque joyeuse. Séraphine qui signe *S. Louis*, accumule les tableaux de petits formats, provenant de planches de bois ramassées dans les rues. Elle peint aussi sur des potiches, des cruches, des cartons. En elle, une humeur pacifiée. Plus d'amertume, plus de ressentiment contre quiconque. La peinture a comme effacé sa solitude. Pour la première fois, Séraphine se sent importante, mais elle n'en fait part encore à personne. Dans la petite ville, les nouvelles vont vite cependant. Pourquoi Séraphine achète-t-elle des pots de Ripolin de toutes les couleurs ? Veut-elle repeindre entièrement sa petite chambre avec de telles couleurs ? Une excentricité de plus ? Elle sourit devant les regards intrigués de Mme Duval, la marchande de couleurs, mais elle n'avoue rien. C'est un secret, se dit-elle, entre elle et la Vierge…

Elle n'ose pas encore les couleurs vives et puissantes des années à venir, le rouge est encore discret, trop pâle, il n'y a pas encore l'envol démesuré, fou, des grands bouquets, la violence farouche qui est en elle et qu'elle jettera sur la toile, comme dans un accès de délire. « Dis tout ce qu'il y a en toi, proclamera-t-elle alors, ne crains pas les grands formats, les teintes audacieuses, regarde les vitraux de la cathédrale, ils osaient, eux, autrefois. Fais comme eux, n'aie pas peur ! »

Elle peint sans technique, sans apprentissage théorique. Seulement avec sa force intérieure, des énergies projetées en dehors d'elle et qu'elle rassemble sur la toile. Le silence dans lequel elle travaille rejoint celui des moniales, elle aime entendre le frottement des pinceaux sur les papiers et les toiles. Pour l'heure, elle ne pratique pas encore de savants mélanges, ceux qu'elle fera et inventera plus tard ; en elle encore une certaine timidité devant le miracle de la création, devant l'œuvre réalisée. L'organisation générale de la composition est encore sage, un peu appliquée même, avec des volontés d'équilibre qui font penser aux beaux bouquets du mois de Marie que faisaient les religieuses. Il y manque encore cette folie à venir, cette sauvagerie qu'elle sent monter, à peine contrôlée. Pourquoi ?

Dans ces années 1910, elle ne pressent pas le grand choc des toiles à venir, l'errance intérieure où va la porter la peinture, la béance de l'imaginaire enfin ouverte, laissant libre cours à ses démons, à ses buissons ardents, à ses incendies de fleurs. Elle ne sait pas où tout ce don d'elle-même va la conduire. Elle n'est pas habituée à prévoir, à programmer, à organiser. Elle est obéissante. C'est l'injonction de l'ange qui l'y oblige. Depuis l'enfance, la solitude l'a contrainte à écouter ses voix intérieures. C'est de cette époque qu'elle a acquis la certitude de l'existence des anges. Ils lui parlaient dans sa détresse d'enfant oubliée et abandonnée à elle-même.

Le soir, elle prie encore la Bonne Mère, comme elle dit. Elle l'implore de lui donner le sens de toute son aventure, lui réclame quelques mots, « pour que je ne devienne pas folle, pour continuer à croire », lui dit-elle. Le silence de Marie résonne cependant en elle. « Ce qu'il faudrait que je peigne, c'est la vibration des choses, se dit-elle, le bruit qu'elles font dans leur silence, comme celui de Marie. Il faut que j'attache à mes fleurs le silence qui les entoure et j'entends que leur silence vibre et bruit. »

C'est ainsi que dut commencer la seconde manière de Séraphine Louis. Attacher des sons et du souffle à ses fleurs, les cerner d'un autre langage, qu'elle seule pourra capter. Elle dit que c'est ça, le don de Marie. Sa réponse à ses questions.

7

Ce qu'elle n'avait pu réaliser au temps du couvent, prononcer ses vœux, devenir une religieuse, lui semble maintenant accessible mais d'une autre façon. Elle entre dans les ordres différemment. Toute sa vie sera consacrée à la peinture, au chant secret des fleurs offertes à la Vierge. Elle dit que c'est ainsi qu'elle paiera son entrée au Paradis. Elle croit à toutes ces dévotions populaires que les imagiers publient, « billets d'entrée au Royaume du Père », « Passeport pour le Paradis » dont elle a quelques spécimens glissés dans son missel. Ses bouquets seront ses offrandes et sa louange. Les feuilles s'entassent dans l'appartement. Elle les épingle aux murs qui deviennent aussi décorés que ceux des chapelles. Tout doit ainsi être transformé en une immense serre de fleurs.

La chambre humide et sombre s'éclaire de ses bouquets simplistes. Il faut transformer le laid en beau, le banal en exceptionnel. Elle se souvient des plafonds peints des chapelles de la cathédrale, des brassées de lierre et des treilles d'où tombent en trompe-l'œil d'énormes grappes de raisin… Il faut en faire autant.

Personne n'entre chez elle, mais tous seraient surpris de la frénésie de Séraphine, de l'énergie qu'elle a mise à peindre tout ce qui se présente à elle. Le moindre meuble, le moindre objet utilitaire sont recouverts de ses fleurs et de ses rinceaux. Table, montants du lit, tabouret, chevets, boiseries des fenêtres, boîtes, étagères, tout est objet de dévotion, semblable à la richesse chantournée des reliquaires. Elle ne connaît ni l'art du Tyrol ni les arabesques de Tolède, elle n'a jamais vu les étoffes des Indes, les miniatures persanes, peut-être entrevu les mille feuilles des tapisseries médiévales dont certaines sont exposées dans le chœur de la cathédrale de Senlis. Mais tout se redécouvre, tout se réinvente, comme par magie. Un trait en appelle un autre, une volute une autre et se compose un étonnant univers végétal où toutes les civilisations sont comme rassemblées. Séraphine chante en peignant, elle trouve que rien n'est plus facile que de peindre, se sent portée par des voix intérieures. Elle ne fait presque plus de ménage, se contente de quelques heures pour subvenir à ses besoins, reste confinée dans l'appartement. Elle a peine quelquefois à se guider dans le couloir obscur qui mène jusqu'à lui, mais quand elle y entre, c'est un éblouissement : un jardin magique, né de ses imaginations.

Quand elle le redécouvre, elle se sent transportée, à chaque fois, c'est le même émerveillement, la même envie de retourner au labeur. Peindre jusqu'à l'anéantissement de soi, s'abolir dans la peinture.

Pour éviter de se distraire le plus possible de sa tâche, elle décide de parler de sa passion aux quelques maîtresses qui l'emploient. Elle ose leur montrer ses bouquets, elles la félicitent gentiment, mais se moquent de ses dessins simplets, de sa naïveté. « Elle peint comme un enfant, disent-elles, quelle innocence ! »

Mais Séraphine est plus rusée qu'on ne le croit. Elle veut convaincre ses employeurs d'accepter un dessin ou même une petite peinture contre du pain ou un fromage, un bout de viande. Ils acceptent : une manière de faire de bonnes œuvres !

Peu à peu, Séraphine n'éprouve plus le besoin de travailler. Elle vit presque de troc et s'en trouve bien. Tout son temps est voué à sa passion. Elle l'isole et la transporte, la laisse, tard dans la nuit, presque hagarde, transfigurée, béate. Dieu, dit-elle, envoie des épreuves à ceux qu'il aime. Elle se sait très aimée de lui et de la Vierge Marie : « Je les ai aimés en retour, je leur ai parlé toujours, parce qu'il n'y avait qu'eux pour me répondre. »

Quand elle va en ville, elle marche les yeux baissés, elle regarde les pavés, les trottoirs, indifférente aux autres, ne semble requise que par son unique passion. Elle ramasse des planchettes de bois, des morceaux de barriques ou de tonneaux, tout est bon pour peindre, et transformer, convertir, dit-elle, ce qui est bon à jeter en œuvre d'art, en fleurs pour le Seigneur…

Dans la rue, les enfants commencent à se moquer d'elle, à parodier sa marche hésitante, ses pas claudicants, ils croient qu'elle cherche du bois pour se chauffer. Ils ignorent qu'elle n'a pas besoin d'utiliser son poêle, elle peint avec de vieilles mitaines ravaudées, pour éviter l'onglet, et avoir bien en main le pinceau. Quand elle peint, elle est saisie d'une telle fureur, d'une telle incandescence, qu'elle ne ressent rien du froid, des nuits de gel…

Il y a bien longtemps que les religieuses ne demandent plus de ses nouvelles. Elles ont eu vent de ses excentricités, de ses peintures naïves qu'elle fait en série et qui ressemblent à des travaux d'enfant. Qui pourrait prêter crédit à de telles facéties ?

Un jour, parce qu'il fallait bien se nourrir avec l'hiver si rude, elle se loue à un nouveau venu dans la ville. Un certain Wilhelm Uhde, marchand de tableaux et organisateur d'expositions pour le compte de galeries. Une certaine renommée le précède, de détecteur de talent et de grand esthète. Il l'emploie pour des ménages lorsqu'il sera de passage dans la modeste résidence secondaire où il vient de s'installer. Il y aura peu de travail. Il vient toujours avec un ami et sa propre sœur, Anne-Marie Uhde.

Wilhelm Uhde naît en 1874 à Friedeberg. Étudiant en droit et en humanités à Munich et en Suisse, après avoir réussi brillamment ses examens, il se rend en Italie et notamment à Florence pour y accomplir le fameux voyage initiatique de tous les amoureux de l'art : le voyage changera sa vie. Il découvre les Primitifs, se consacre à l'histoire de l'art à Florence et commence à rédiger ses premiers essais esthétiques et ses premiers romans, cherchant, comme il le dit, à concilier « l'unité de la verticale gréco-allemande de mélancolie et l'horizontale romane de la satisfaction ».

Il écrit un pamphlet contre l'Empire allemand qui l'oblige à quitter sa terre natale pour choisir la France. Installé à Paris, dès 1904, où, dit-il, « la beauté est omniprésente », il y est accueilli par le critique d'art Erich Klossowski, le père du futur Balthus, qui l'introduira dans tous les milieux artistiques de la capitale, alors en pleine effervescence créatrice. Il rencontre ainsi Antoine

Vollard, le marchand d'art Kahnweiler, les Stein, etc. Il découvre Picasso et lui achète très tôt certaines de ses toiles. Braque aussi entre dans sa collection privée. Son talent de découvreur l'amène à mettre en lumière le courant naïf en achetant notamment des toiles du Douanier Rousseau. Il se marie en 1905 avec Sonia Terk (qui lui aura présenté Rousseau), mais ce sera un mariage blanc, Uhde étant homosexuel. Elle le quittera l'année suivante pour épouser Robert Delaunay et former avec lui le couple mythique de la peinture cubiste.

Jean Cassou, l'ami fidèle, le décrira ainsi : « Un Allemand de la plus rare qualité de cœur et d'intelligence s'était autrefois passionnément épris de deux vérités françaises : le monde des formes singulièrement nouvelles et que l'avant-garde artistique avait créé à Paris, dans les années d'avant 1914 et, d'autre part, la pensée propre au génie populaire de notre pays. Il avait à la fois et avec un égal enthousiasme découvert Picasso et le Douanier Rousseau, le cubisme et les naïfs, les plus subtiles audaces de la spéculation plastique et les plus profondes traditions de la simplicité naturelle. »

Vers 1908, il expose des peintres impressionnistes et des cubistes, devient alors un des critiques d'art et des collectionneurs les plus reconnus et les plus appréciés. Ses découvertes et ses expositions sont toujours surprenantes par leur modernité et par l'effet de surprise qu'elles provoquent auprès des visiteurs. Avec les Kahnweiler, il est alors un de ceux qui fondent le goût nouveau et qui l'imposent.

C'est en 1912 environ que Uhde loue un petit appartement à Senlis « pour quinze francs par mois, écrit-il, composé de deux pièces et d'un vestibule. J'y avais placé de vieux meubles sans prétention et pendu aux murs d'anonymes gravures. C'était là le repos après les luttes homériques qu'il fallait soutenir pour la peinture moderne dans le Paris d'alors. »

C'est pour sa lumière « plus belle et plus pure que partout ailleurs » qu'il s'installe à Senlis, mais aussi pour l'équilibre exceptionnel qui s'y montre entre le roman de la terre et le gothique de ses édifices religieux : ici, dit-il, les deux mouvements « s'associaient par symbiose. L'enthousiasme de l'idée s'unissait à l'héroïsme de la forme. »

La certitude que Senlis est un lieu élu des dieux et des rois ajoute à sa prédilection pour elle. Que Clovis s'y soit converti au christianisme, que plus de vingt églises aient fait de cette ville « une résidence de Dieu », voilà qui l'enchante et le fait rêver. Depuis les temps glorieux de Senlis, aujourd'hui abolis, certes, la ville s'est comme assoupie. Mais elle est justement dans son sommeil, facteur de rêve et d'imaginaire. Il aime s'y promener, musarder dans ses « chapelles vétustes », dans ses « ruelles silencieuses », dans ses « jardins oubliés enclos de murailles grises », et rêver avec elle « son rêve médiéval, son rêve de Dieu, de la France et de ses rois. »

Le sens de la mesure qui structure la ville, ce sentiment de l'accord entre la nature et l'habitat, cette douceur presque immatérielle le renvoient quelquefois à la nostalgie germanique, aux vieilles villes médiévales de son pays natal, encore toutes engourdies de leur histoire passée.

Sait-il que dans ce lieu, dans ce grand silence, comme il le dit, « s'accomplissait une destinée humaine qui transformait ce rêve en une réalité nouvelle de sentiment et de création gothiques ? »

Sait-il qu'ici « le cœur sanctifié d'une servante se sentait la vocation de ressusciter le Sublime du Moyen Âge et de créer des œuvres puissantes imprégnées d'esprit gothique ? ».

Sait-il que cette pauvre femme qui sonnait humblement chez lui pour faire le ménage et qu'il quittait aussitôt qu'elle arrivait pour accomplir sa rituelle promenade le long des remparts, faisait chaque soir renaître sous ses doigts épais le souvenir lointain des grandes verrières gothiques ?

Tous les matins, Séraphine se présente place Lavarande, chez Uhde. Chaque matin, il la salue brièvement, sans presque prêter attention à elle, puis s'esquive et disparaît. La promenade matinale est pour lui le moyen de rassembler ses idées, de les ordonner. La qualité architecturale de Senlis provoque son goût de l'accord et de l'unité. Senlis, confie-t-il, le résume et l'apaise.

Entre Séraphine et Uhde, tout se joue pour l'instant dans l'invisible. Elle ignore tout de ses goûts et de ses activités, il ne peut imaginer la fièvre de ses nuits, le pinceau qui court sur ses toiles vouées elles aussi, comme Séraphine, à l'effacement, à l'obscurité du silence.

8

C'est pendant cette année 1912 que Uhde va enfin découvrir le secret de Séraphine. Qui pourrait encore ne pas croire aux hasards organisés, aux arrangements d'un destin qui, inexorablement, va conduire l'un vers l'autre, amener l'esthète le plus raffiné de Paris vers celle que Jean Cassou appellera plus tard « la dernière des vieilles fées de notre terroir » ?

Dans ses souvenirs, Uhde raconte avec une émotion mal contenue les circonstances de cette rencontre incroyable. « Un jour, écrit-il, chez de petits bourgeois de Senlis, j'aperçus une nature morte qui me fit une impression si extraordinaire que je restai planté devant elle, muet de saisissement. À la considérer davantage, je me rendis compte que cet effet n'était point dû à des causes extérieures, mais uniquement à une valeur artistique telle que le tableau résistait à un examen minutieux. C'étaient des pommes, posées sur une table, sans plus. Mais c'étaient de vraies pommes, modelées dans une belle pâte consistante. Cézanne eût été heureux de les voir.

« – Qui a peint cette toile ?

« – Séraphine, me répondit-on.

« – Quelle Séraphine ?

« – Mais votre femme de ménage. Elle pensait nous la vendre, mais si vous la voulez, nous nous dédirons volontiers. C'est huit francs. »

Les mots que Uhde emploie révèlent la nature de son éblouissement. Il s'agit bien d'une révélation, d'une apparition qui supposent la stupéfaction, le « saisissement », le mutisme... L'impression que lui font ces pommes est d'ordre religieux. Cézanne qui sut si bien retranscrire la chair des pommes est convoqué pour annoncer que dans le plus humble anonymat, une filiation lui est née. « C'étaient, dit-il, de vraies pommes »... Tout bascule soudain en lui. Il se souvient de son émerveillement, semblable à celui-là, quand, dans les appartements de Durand-Ruel, arpentant les nombreuses pièces consacrées aux impressionnistes, s'extasiant devant « les violet vaporeux et bleuâtres de Monet », ou devant les têtes de jeunes filles de Renoir, « d'une beauté qui se dissolvait en lumière », son œil est irrémédiablement attiré par Cézanne. Dans la salle à manger, « pendaient deux ou trois natures mortes, qui n'étaient pas de la toile peinte, mais semblaient ciselées dans l'or ou le cuivre : Cézanne. Et il y avait là quelque chose de plus. »

C'est ce même supplément de beauté qu'il découvre, interloqué, dans la salle à manger de ses hôtes senlisiens. Comme Cézanne, Séraphine semblait à ses yeux avoir atteint à la même densité sublime, retraçant l'essentiel et le permanent, le fugace et l'éternel. Même pâte lourde, « qui attire irrésistiblement le doigt sur l'objet et nous donne l'illusion du réel, quelque chose d'insaisissable et de mystérieux qui s'efforçait de créer la vie ».

Le dîner est bouleversé par cette découverte. Peu à peu Uhde, sous la vibration des pommes de Séraphine, mesure l'ampleur de son talent. Il n'est plus du tout à la conversation de ses hôtes, il ne tient plus en place, voudrait que le temps se hâte pour parler dès son arrivée à Séraphine, le lendemain. A-t-elle d'autres tableaux ? Peint-elle régulièrement ? Il n'ose pas poser toutes ces questions à ceux qui le reçoivent, ne s'attarde pas trop après le dessert, ne résiste pas à accepter la proposition d'acheter la toile, paie comptant les huit francs et, fou d'impatience, rentre chez lui. La nature morte veille comme un feu ardent à son chevet. Par quel secret d'âme, Séraphine est-elle parvenue à atteindre la pure vérité, la chair des pommes, le mystère de leur nature ? D'où viennent ces forces vibratoires qui semblent s'échapper d'elles ? Comment ces deux pommes posées sur ce qui parait n'être qu'une vulgaire table, atteignent-elles à quelque chose de sublime, de si puissant qu'elles le font frémir comme s'il se trouvait devant un miracle ?

Dès le lendemain, Séraphine se présente chez lui.

Uhde a raconté cet instant. Séraphine rit en voyant la nature morte en évidence sur une chaise, mais elle n'est pas davantage surprise :

« Monsieur a acheté ma toile ? dit-elle, elle plaît à Monsieur ?

– Beaucoup. En avez-vous d'autres ? » répond Uhde.

Ainsi commence leur relation. Chaque jour plus étroite, chaque jour plus complice.

Séraphine est comme soulagée d'être découverte. Toutes affaires cessantes, elle retourne rue du Puits-Tiphaine, monte les escaliers abrupts, entre dans son petit appartement et prend sous le bras, sans précaution, quelques toiles au hasard puis retourne chez Uhde. Il les regarde avidement. Elles lui font, écrit-il, « autant d'impression que la première ». Quelque chose d'émouvant et d'indicible traverse ses peintures. Il les tient dans ses mains et elles lui semblent venues de très loin, héritées d'une histoire très ancienne. Il sait, mais il ne le lui dit pas, que ces toiles brûlent ses mains, qu'elles ont été peintes avec une rare ferveur. Plus tard quand il écrira ses *Mémoires*, il constatera que son émotion n'aura pas cédé, que les tableaux n'ont rien perdu de leur force magique, rayonnante. « Une passion extraordinaire, une ferveur sacrée, une ardeur médiévale avaient pris corps dans ces natures mortes », confiera-t-il.

Très vite, avec l'intuition du vrai collectionneur et de l'esthète, Uhde repère les signes distinctifs de la peinture de Séraphine. Elle renvoie aux légendes dorées du Moyen Âge, à tous ceux qui ont bâti des cathédrales avec une violence intérieure et une foi indestructible. Il ignore son secret, avec quelle peinture Séraphine travaille, comment elle arrive à rendre ce poli et cette laque, flamboyante comme un feu ardent, d'où viennent ces fruits et ces feuillages, de quel jardin enchanté. Quelles traces d'un passé antérieur à l'histoire de l'humanité a-t-elle ici découvertes ?

La première impression de Uhde est l'émotion. Il reste sans voix, et l'émotion est peut-être encore plus forte que lorsqu'il a découvert le Douanier Rousseau. Plus étrange encore apparaît la peinture de Séraphine, plus mystérieux ses motifs, tirés, il le voit bien, d'aucun *Catalogue des modes* ou d'un quelconque almanach, mais bien d'une mémoire millénaire. La construction elle-même est inédite, simple en apparence, savante en vérité, semblable à quelque vanité du XVIIe siècle. Uhde essaie d'en savoir davantage, mais Séraphine n'est pas causante, comme elle le dit avec son franc parler. « Que vous dire, Monsieur ? Je peins comme quand je prie. Il n'y a pas de différence. Je dis toujours que c'est pour la Bonne Vierge que je fais tout cela. Je peins la nuit surtout quand toute la ville est en train de dormir. Mes natures mortes, c'est comme des cadeaux que je fais au Bon Dieu et à la Bonne Mère. Des colliers de perles et de pierres précieuses que j'enfile pour qu'ils soient contents de moi. Pour que j'aille au Paradis. »

Uhde observe la vieille femme. Pas si vieille cependant, quarante-huit ans, mais si lasse pourtant, si chétive à force de privation, déjà trop voûtée pour son âge, comme si la solitude avait pesé sur elle jusqu'à la courber.

« Continuez, Séraphine, c'est très beau ce que vous faites, lui dit Uhde, vos fruits sont si vrais, si naturels qu'on aurait presque envie de les manger et puis, non, rajoute-t-il, ce n'est pas tout à fait exact, vos fruits sont comme des joyaux, les premiers fruits qui ont existé au monde, aussi pulpeux, aussi mûris sous un soleil qu'on n'a jamais vu.

– Mais c'est Dieu, le soleil, répond-elle. Ce sont des fruits du Paradis. Je les vois comme ça. »

Quand Uhde rentre à Paris, il ne manque pas de ramener chez lui quelques toiles de Séraphine. « Je montrai, écrit-il, quelques-unes aux plus compétents d'entre mes amis : ils furent aussi émus que moi. »

Entre Uhde et Séraphine, de nouveaux rapports s'installent. Comment considérer comme sa femme de ménage, vouée aux tâches subalternes, celle qui, la nuit, transforme la toile en parure divine, en jardins paradisiaques ? Séraphine tient cependant à poursuivre ses ménages. Uhde lui donne un peu plus d'argent en échange de ses bouquets qu'il lui achète et aussi de quoi se fournir en couleurs et en toiles. Elle n'a plus besoin d'aller faire d'autres ménages ailleurs. Uhde subvient à ses besoins modestes. Chaque fin de semaine, il rejoint Senlis avec une hâte non dissimulée. Séraphine va sûrement lui montrer de nouvelles peintures. Elle se pique au jeu. Peu à peu naît une amitié entre eux, jamais familière. Une compréhension naturelle relie l'artiste et le collectionneur. À l'humilité de Séraphine répond en écho l'admiration immense de Uhde et souvent l'éblouissement. Jamais il n'a vu pareils motifs, pareil assemblage de feuillages et de fleurs.

À chaque découverte, c'est le même émerveillement. Ils aiment tous deux ce moment de silence où elle déballe ses toiles, alignées bien sagement dans son grand panier. Elle ne lui a jamais fait visiter sa « chambrette où elle dort et fait la cuisine » comme dit Uhde, et qui est devenue depuis des mois un véritable capharnaüm, un atelier bohême et artiste. Là, c'est le lieu d'un sacrifice, d'un don de soi, qui ne se visite pas. Le temps passe dans une exaltation intérieure, vécue dans des lumières crépusculaires, aux lueurs vacillantes de sa petite lampe à pétrole. On l'imagine à travers la fenêtre, depuis la ruelle, tard dans la nuit éclairer par à-coups les bouquets de fleurs de moins en moins sagement disposés dans des paniers tressés.

Deux ans se passent jusqu'à la déclaration de guerre. Deux ans où Séraphine s'enfonce dans la peinture. Uhde la suit discrètement mais attentivement. Il note les progrès et surtout les notoires changements : les supports sont désormais de toile et non plus de bois (ne croyait-on pas, il y a peu de temps encore, qu'elle glanait des planchettes de bois sur les marchés pour faire des économies de chauffage ?) les couleurs se raffinent, les mélanges apparaissent, les motifs se complexifient. Ce ne sont pas encore les toiles majeures que la folie habitera, mais déjà les signes précurseurs d'une occupation progressive de la folie. Les grenades et les citrons sont affublés de tentacules en formes de feuilles, ils deviennent menaçants, d'un autre monde.

Uhde entreprend de faire son éducation artistique. Elle s'y refuse, voulant peindre sans savoir ni connaître les autres peintres. Elle veut qu'on laisse le champ libre à son imaginaire, à « mes folies », dit-elle. Elle ne saurait mieux dire bien qu'elle n'ait pour l'heure aucune conscience des flux mauvais qui la travaillent à bas bruit. « Laissez-moi peindre, dit-elle, comme je veux, Monsieur Uhde, je sais où je dois aller. Il n'y a pas de doute là-dessus. » Il n'insiste pas, la laisse faire, « là où vous irez, Séraphine, ce sera bien, et j'irai moi aussi ». Elle n'affecte aucun remerciement à son égard, devant ses largesses et son attention, n'éprouve aucun sentiment d'infériorité, comme si la peinture l'avait ennoblie, lui avait donné un rang, définitivement supérieur à tous.

Elle ose de nouvelles compositions, plus hasardeuses, plus tourmentées. À vrai dire, elle croit qu'elle choisit, mais en réalité, c'est sa douleur, sa solitude qui la conduisent. Elle n'a aucun doute sur son travail, ne cherche jamais à peaufiner, à retravailler, elle n'a aucun remords, en peignant vite, elle a l'impression de répondre aux appels de l'ange, écrivant sous sa dictée, comme font les voyantes recevant des messages de l'au-delà. Elle prend l'habitude de signer sa toile avant même que de la commencer. Une manière de conjurer le mauvais sort, le mauvais trait. Une fois signée, la toile ne peut aller qu'à son terme et ne jamais décevoir. Alors elle va, et le pinceau ne connaît aucune trêve. La fatigue ne la fait jamais céder, elle va jusqu'au bout de ses forces. Quand elle a fini, elle s'endort dans les vapeurs de térébenthine, dans l'odeur des laques et des peintures grossières qu'elle achète chez la droguiste, peinture de bâtiment au sillage lourd d'essence et d'huile de lin.

Puis elle se couche tout habillée et s'endort. Quelquefois, alors qu'elle a soufflé sa lampe, elle croit que sur le chevalet scintille une lumière : c'est sa toile à peine achevée qui a, dit-elle, retenu sa ferveur, la force de sa prière.

Elle n'a jamais ainsi quitté d'une certaine manière le couvent de Saint-Joseph-de-Cluny. Elle aussi, comme les moniales qui l'ont méprisée, a sa vie réglée de prières et de chants, elle aussi vit au rythme d'un ordre décrété par Dieu, elle aussi fait ses exercices spirituels avec une régularité patiente de religieuse… Elle ne s'occupe plus guère de la vie extérieure, ne s'inquiète pas des menaces de guerre qui se précisent. Quels ennemis, quels dangers pourrait-elle craindre quand ne la concerne que le travail mystérieux du pinceau sur la toile ?

9

La guerre qui éclate en cet été 1914 ne surprend pas Séraphine. Elle connaît les privations et ne s'en est jamais plainte, absorbée par d'autres tâches plus vastes, plus illimitées. Elle ne connaît pas non plus la peur, ne partage pas la panique des Senlisiens quand, le 2 septembre, les Allemands occupent la ville, après Compiègne, Soissons, et que le lendemain, ils envahiront Reims, détruiront en partie la cathédrale. Cet été-là, elle le vit dans la frénésie de la peinture comme toutes ces années à venir, de guerre et de feu, où la peinture sera l'exutoire de sa souffrance intérieure, sa manière à elle de conjurer l'ennemi et d'y répondre. Mais beaucoup de choses ont désormais changé avec l'arrivée des Allemands. Une vie encore plus cachée, des vivres encore plus rares, des excursions en forêt impossibles, du matériel de peinture plus difficile à trouver. Senlis est en partie détruite, saccagée, pillée, brûlée, la ville est vidée de ses habitants qui ont fui, ne sachant même où aller. Dans la panique généralisée, Wilhelm Uhde a dû s'enfuir, rejoindre en toute hâte Paris. Le francophile, l'exquis esthète de l'art français devient en quelques jours un banni. Expulsé de

France, ses collections sont saisies, confisquées par l'État français, puis vendues aux enchères. À Senlis, tout le contenu de son petit appartement est lui aussi saisi et vendu en place publique « y compris les tableaux de Séraphine », précise-t-il, qui, dans la tourmente de la guerre, disparurent à jamais. Quelquefois, racontera Uhde, non sans un certain humour, il put voir certaines pièces de sa collection passer en salle des ventes. À la lecture des catalogues, il observa la cote élevée des tableaux qu'il avait découverts et qui alors étaient inconnus du grand public et il se réjouissait de son flair, de ses trouvailles !

Mais de Séraphine, qui, en 1914, n'est pas encore cotée, les toiles se sont comme effacées dans le temps : jugées alors simplettes, elles durent rejoindre des greniers, s'altérer avec les intempéries, faire les frais de réaménagement de combles, être détruites.

Séraphine ne se lamente pas, elle apprend vaguement la riposte du maréchal Joffre, les contre-offensives qui libèrent Épernay et Reims, et la guerre des tranchées qui s'installe de manière si angoissante. À Senlis, se jugeant trop vieille pour changer de lieu, se mettre à l'abri dans d'autres campagnes, plus lointaines, elle poursuit son œuvre. Elle est celle qui, comme dans les paraboles, veille sur le foyer et garde la lampe allumée. Une façon à elle de résister à l'envahisseur.

Dans sa ruelle du Puits-Tiphaine, encore plus silencieuse, désertée, elle dit qu'elle n'a peur de rien. La nuit, elle entend sur le pavé le bruit sourd des bottes des soldats, la fureur des canonnades, au loin. Presque plus de ménages à faire, quelquefois on l'appelle encore pour accomplir des travaux pénibles et dangereux, les vitres à nettoyer, dépoussiérer le haut des armoires ou bien cirer les parquets, tâche où elle excelle pour l'avoir accomplie pendant tant d'années au couvent. Mais la seule chose qui la retienne reste la peinture. Elle est littéralement envahie par elle. Est-ce la peinture ou la folie qui l'assiège vraiment ? Son travail prend une tournure obsessionnelle. Elle convoque d'autres sujets qui sont, à ses yeux, sa manière de lutter contre l'envahisseur.

La piété populaire, les motifs naïfs de l'imagerie pieuse sont réutilisés, elle leur donne une dimension plus patriotique, le Cœur Sacré de Jésus, le Cœur Sacré de Marie, sont associés au drapeau tricolore. Elle assure que Dieu est avec la France. Comme Charles Péguy qui meurt tout près de Senlis, abattu par l'armée allemande, elle rappelle que Jésus et Marie sont aux côtés des Français. Les images patriotiques deviennent un de ses thèmes préférés, comme elles le seront d'ailleurs des peintres naïfs comme le Douanier Rousseau. Mais à la différence de Rousseau, une exaltation s'empare de Séraphine, qui ouvre la voie à un imaginaire débridé et transcendant. La naïveté de Rousseau n'est pas suscitée par la folie, tandis que celle de Séraphine est nourrie de visions et de mouvements incontrôlés, presque sauvages, que Séraphine elle-même ne s'explique pas et auxquels elle donne, faute de mieux, une interprétation religieuse. Les images sont produites par l'ange et Marie. Elle n'est que le lieu du passage, celle qui s'est laissé traverser.

Les fleurs et le Cœur Sacré, les feuilles et le drapeau sont donc les messagers d'une voix intérieure qui lui parle doucement la nuit et qu'elle répercute sur la toile. De Uhde, elle n'a plus aucune nouvelle. Il a dû quitter la France, malade, il est rentré en Allemagne, à Wiesbaden. Déclaré inapte au service militaire, il est cependant affecté à Francfort-sur-le-Main où on lui confie un poste de censeur, mais il est inquiet pour ses collections, il les sait perdues pour lui, il n'a pas eu le temps ni l'idée d'en rouler quelques-unes et de les emporter avec lui : tout ce travail de défricheur réduit à néant l'accable dans cette Allemagne vengeresse et brutale qui veut faire payer à la France par n'importe quels moyens les affronts du passé. Il ne reconnaît plus le génie de son propre pays, celui du temps des Lumières, celui qui sut accueillir Goethe et Bach, Schiller et les grands romantiques… Tout lui paraît anéanti et perdu.

Au contraire de Uhde, l'activité de Séraphine est intense. Plus la guerre s'installe, plus elle veut y opposer sa résistance. Plus la nuit tombe sur le pays, plus elle veut l'éclairer de ses fleurs de feu. Dahlias, marguerites, lis, hampes de belladones commencent à faire partie de son registre le plus fréquent. Elle les associe sous son pinceau sans plan précis, la main seule guide et mène le jeu, fait d'elle une simple exécutante, une humble servante. N'est-elle pas alors, se dit-elle, la servante du *Magnificat* : « Mon âme exulte le Seigneur, exulte mon esprit en Dieu mon Sauveur… » ? Elle est Marie, mais aussi Marthe de la parabole, celle qui sert et accomplit les plus insignifiants mais nécessaires travaux de la maison. Elle est celle qui ne s'indigne jamais de sa condition, qui en a accepté la pauvreté.

Rien n'a donc changé depuis le couvent. Toute sa vie n'aura été que désir de s'oublier, de s'abolir dans la louange de la peinture.

Elle connaît vaguement la parabole des vierges sages qui laissent la lumière allumée pour le retour du Maître.

Elle croit seulement comprendre qu'il faut que la lampe garde toujours sa petite flamme pour que Uhde, de retour un jour d'Allemagne, à la fin de la guerre, sache qu'elle aura été vaillante et qu'elle aura résisté.

Le jour renvoie une chiche lumière dans la chambre. Elle s'en moque : pour elle, la nuit, le jour, c'est égal puisqu'elle sait comment éclairer elle-même sa pièce : de savants mélanges de Ripolin qui deviennent laques de la Chine et de l'Inde, brasiers incandescents…

La guerre nourrit sa transe. Au feu des canons, elle oppose celui de ses brasiers ardents. Elle dit qu'elle vit le vendredi saint tous les jours, qu'elle est comme Jésus, exposée à la douleur ardente du sacrifice. Elle peint en chantant le plus souvent. Aux psaumes, elle ajoute les cris qu'elle profère régulièrement, comme des incantations magiques. Elle n'est pas loin de penser qu'elle est un peu sorcière, livrée aux forces naturelles de la terre-mère, certaine d'être aux temps anciens, brûlée vive pour ce dialogue qu'elle entretient avec Dieu et les siens…

La peinture naît de ces dialogues, de ces conversations intimes avec la Vierge ou l'Ange. Elle réclame l'inspiration divine, avoue son impuissance à travailler seule, sans son aide. Pourquoi, étrangement, toutes les fleurs vues dans son enfance paysanne reviennent-elles en bouquets inouïs ? Pourquoi les paons qui l'avaient tant impressionnée quand elle était petite fille, dans la cour du château d'Arcy, recouvrent-ils maintenant sa toile de leurs plumes irisées ? Qui l'exige avec une telle volonté ?

Elle se demande si son travail est de la même nature que ces extases vues sur les tableaux de la cathédrale. Toutes ces saintes pâmées lui sont-elles parentes, elle qui vit les mêmes extases, les mêmes états d'absence ?

Confusément naît une identification à la sainteté qui prend de plus en plus d'importance pendant la guerre, comme si justement les combats poussaient à adopter une attitude mystique. Elle peint avec une frénésie proche de la violence, elle peint et pendant ces heures elle ne s'appartient plus, prise dans un état comparable aux états d'extase de la sainteté, l'aube se lève sur elle et la voit encore debout, sa palette dans ses mains, les genoux tout ankylosés d'être restés tant de temps posés à terre. L'extase est bonne car tous les matins, elle peut voir son travail aveugle, opéré dans une sorte d'abrutissement, sans que finalement elle ait pu en être maître. Alors, elle regarde le tableau et reste éblouie devant l'entrelacs des fleurs, des feuilles et des plumes. Où donc est-elle allée chercher cela ? D'où ? Oui, d'où ?

Presque anémiée par tant d'heures sans manger, elle se rassasie et se désaltère avec ce qu'elle appelle « son vin d'énergie ». Elle prend chaque matin un verre de l'étrange breuvage qu'elle s'est confectionné, vieille recette du temps de sa jeunesse à base d'eau de vie et de noix longtemps macérées. La bouteille est posée sur une étagère repeinte de fleurs vives sur laquelle il y a aussi, trônant à côté, une Vierge de Lourdes en plâtre, composée par le sculpteur Fabisch, selon les consignes de Bernadette elle-même.

Elle se regarde dans le petit bout de miroir qui est pendu à la tapisserie défraîchie d'un mur. Elle ne se reconnaît pas, elle ne cherche pas d'ailleurs à s'arranger, à se refaire une mine, elle a de la peinture sur le visage, dans les cheveux, mais qu'importe, il ne s'agit plus d'être coquette ou bien soignée. Tout est don de soi maintenant, tout est vécu pour la peinture. Comme un sacerdoce. Un chemin vers la sainteté.

« O Vierge Marie, dit-elle dans sa prière matinale, fais de moi ton être de lumière, pare-moi de toutes les couleurs du ciel, donne-moi de peindre avec tes couleurs, tes lumières. Sois remerciée de cette nouvelle toile. Car c'est toi qui l'as conçue, toi qui me l'as soufflée. Comment pourrait-ce être autrement ? Je n'ai rien fait que de tenir le pinceau. Rien fait que de te suivre. »

Ces petits matins-là, elle se sent seule et pleine du monde tout à la fois. Elle est vide et ivre de forces dépensées, anéantie de fatigue et porteuse d'autres énergies qui la dépassent et lui disent de continuer. Elle sait que ce soir tout va recommencer, les rites préparatoires, le silence de la nuit qui vibre de partout, la toile sur laquelle comme un gong vibre et tape le pinceau, le mélange des couleurs, et l'apparition nouvelle des fleurs et des feuilles…

À Senlis, au petit matin, les habitants, tristes et inquiets, reprennent leurs activités. Les enfants battent le pavé de leurs semelles ferrées, les femmes vont au lavoir ou au marché, des cloches d'églises tintent dans la lumière grise à peine voilée des brouillards matinaux. Séraphine s'enfonce dans un sommeil qui la répare, elle y puise ses forces et ses énergies. Il est absolu et sans rêves.

10

La paix conclue, Senlis reprend son activité habituelle. Tout s'anime quand les Senlisiens revenus dans leur ville retrouvent leurs usages. Indifférent au temps qui passe, règne, comme dit Uhde, « le gris lumineux du ciel de l'Île-de-France ». Séraphine se considère comme le rempart qui n'a pas cédé aux Allemands, elle a subi les privations de la guerre sans se plaindre, méprisé les occupants en feignant de ne pas même les voir, transformé sa chambre en un oratoire quand toutes les chapelles de la ville furent dégradées par les bombes. Mais quelque chose a cependant définitivement changé. Elle n'est plus physiquement la même. Séraphine d'alors était excentrique certes, mais pas à ce point. Ténébreuse, ombrageuse, elle parle à haute voix dans les rues, sa silhouette quelque peu massive s'est amaigrie, elle paraît chétive et malade, presque fragile, elle s'attife bizarrement de tissus divers qu'elle superpose et qui lui donnent l'air d'une clocharde. Elle arbore un canotier de paille qu'elle a peint au Ripolin : on croit qu'elle en a toute une collection, en réalité c'est toujours le même qu'elle rafraîchit à coups de pinceau, tantôt noir, tantôt rouge, tantôt vert elle, l'agrémente d'un large ruban. Elle porte des paniers toujours remplis d'objets hétéroclites, hiver comme été, elle s'enveloppe de larges fichus qui lui donnent un air sans âge : plus que jamais elle est la vieille fée du pays. « Vieille sorcière », disent certains, ou les enfants qui quelquefois courent après elle pour la plaisanter ou lui lancer de petits cailloux... Elle ne fait pas l'aumône, mais presque. Elle apitoie les bonnes âmes, compte sur les paroissiens pour éveiller leur compassion chrétienne, accepte volontiers des paniers de provisions, un peu de pain, se satisfaisant de presque rien. Elle va à la fin des marchés pour ramasser les fruits et les légumes abîmés et invendables. Elle les prend : tout lui va pourvu qu'elle accorde son temps uniquement à ses « travaux de peinture », comme elle le dit.

La réputation de folle commence à s'établir à cette époque, pendant les années 1920. Ce n'est plus la vieille fille originale d'avant la guerre, elle ne court plus, cette rumeur de mystique qui courait derrière elle, « Séraphine voit la Vierge comme Bernadette Soubirous », disait-on à son passage, avec dérision. Ce n'est pas non plus un de ces personnages obligés qu'on trouve dans les sociétés, comme la libertine, le cocu, l'efféminé, le poète, le don juan, la grisette, un de ces types qui défilent dans la comédie humaine de Balzac... Séraphine n'est qu'une ombre qui passe dans Senlis, elle ne tient pas à se signaler, elle rentre toujours le plus vite possible chez elle, son antre, sa caverne. Sa chapelle...

De tous les rôles qu'on voudrait lui faire jouer, à vrai dire il n'y en a qu'un seul qu'elle accepterait, celui d'ermite qui n'a que faire de la rumeur du monde, et qui se livre entièrement au sacrifice de Dieu.

Elle sait qu'à Senlis elle est sujet de farces et de plaisanteries, en général des facéties bienveillantes qu'elle accepte même avec un certain humour. Ne rapporte-t-on pas, par exemple, que les cousettes de la Maison Mlle Dufflos-Haute Couture, se déguisent en Vierge Marie pour faire croire à Séraphine qu'elle a une apparition ? Elles vont même jusqu'à inventer de petits dialogues, qu'elles mettent en scène comme des tableaux de cabaret, dans lesquels elles font dire à la Vierge que sa peinture sera bientôt de renommée mondiale parce que c'est le vœu de Dieu, que son fiancé de jadis est enfin revenu du front et qu'il s'apprête à venir la demander en mariage, qu'elle, la Vierge, a désigné Séraphine pour annoncer la paix sur le monde pourvu qu'il se convertisse.

Elle se moque de toutes ces choses : elle n'a qu'une hâte, s'enfermer dans sa chambre et reprendre le labeur. D'ailleurs elle ne dit plus travail, mais *labeur* pour bien montrer qu'il s'agit d'une tâche de longue haleine, pénible et douloureuse. « Ce n'est pas un loisir, Madame Duval, dit-elle à la droguiste qui la fournit en matériel de peinture, oh ça non, pas un loisir, mais une grande affaire, personne ne peut comprendre… » Et elle s'enfonce dans la vieille ville, rejoint sa chambre.

Dans l'Allemagne de Weimar, Wilhelm Uhde se morfond et se languit de n'être pas en France. Il milite pour le pacifisme, s'engage dans des mouvements de jeunesse, prononce des conférences très appréciées sur l'art français, chez Gurlitt à Berlin, chez Aktuaryus. Il est celui qui a approché les plus grands novateurs de l'art contemporain, il est un conteur brillant et plein d'esprit, il n'a pas abandonné son talent de découvreur, repère de jeunes talents qu'il envoie à Paris et en Europe. Mais l'Allemagne, trop rigide, trop ulcérée par la défaite, lui devient très vite invivable. En 1924, il décide de revenir enfin en France, de recommencer l'aventure artistique qu'il avait interrompue. Il s'installe de nouveau à Paris mais sans obtenir la nationalité française. Apatride, homosexuel, ruiné, sa situation est précaire et incertaine. « La lutte, écrit-il dans ses *Mémoires*, reprit pour des valeurs artistiques. Retourner à Senlis me paraissait impossible. Je m'installai donc non loin de là, à Chantilly et j'y transportai mes toiles de prédilection, dont je ne me séparais jamais et que je ne montrais qu'à de très rares amis »

Le chassé-croisé entre les deux se poursuit après la guerre. Séraphine pense-t-elle à Uhde ? Imagine-t-elle de ne jamais le revoir un jour ? Au vrai, l'a-t-il même oubliée ?

Depuis quelques mois déjà, Uhde a repris son habitude de passer les fins de semaine à Chantilly comme jadis à Senlis. Intuitivement, il se rapproche de Séraphine. Il n'a pas toutefois l'idée ou l'audace de se rendre à Senlis pour savoir si elle a survécu à la guerre ou si elle continue à peindre. A-t-il abandonné son ancien désir de faire d'elle un très grand peintre, de lui donner une impulsion définitive, en un mot de la lancer ?

Conçoit-il Séraphine comme un accident dans une existence, un miracle égaré dans le monde, un météore déjà disparu ? Jean Cassou a tenté de répondre à cette énigme. Uhde, disait-il, était doté d'un tempérament assez fantasque et velléitaire. Il s'était un temps entiché de Séraphine, la guerre les avait séparés, il fallait passer à autre chose…

Elle est là pourtant, elle continue son chemin, inconnu à elle-même. Elle peint exclusivement des fleurs, elles ne sont plus seulement disposées en bouquets, elle les assemble quelquefois de manière plus anarchique, là où va sa main, les formats sont sensiblement plus grands, les fleurs ne sont plus repérables dans un quelconque herbier ou dans un ouvrage de botanique : ce sont des fleurs mystérieuses, des fleurs étrangères. Séraphine prétend que ce sont ses « fleurs du Paradis », qu'elles sont comme ça auprès de la Vierge Marie, « dans le jardin du Père », tressées de perles et moirées de lumières vives.

Coupée du monde, elle dit qu'elle est dans son jardin, qu'il y a une clôture à ne pas franchir où elle est en contact avec tous ceux qui sont accueillis au Paradis et que la Vierge l'a chargée d'être la fleuriste de sa maison. Imperceptiblement, le discours qu'elle tient se détache du réel, elle s'est inventé des rites, un vocabulaire, des interlocuteurs, elle en organise les relations dans un univers à elle très cohérent mais qui perd pied avec la vie quotidienne à Senlis. La folie travaille secrètement, pour l'heure elle ne la submerge pas, en a-t-elle même conscience ? Tout lui semble naturel, fluide et simple. Les fleurs s'imposent sur la toile, elle dit que ses mains sèment des graines qui s'exaltent en corolles uniques, jamais répertoriées. Elle peint avec une évidence, une spontanéité si naturelles, exemptes d'une quelconque douleur, qu'elle ne voit pas les premiers symptômes de sa folie se mettre en place. Sa personnalité rustre fait encore rempart.

11

Des signes providentiels semblent semer l'existence de Séraphine, des hasards tressés par on ne sait quel destin font se rencontrer des êtres qui d'ordinaire ne se seraient jamais croisés. Le désert et des étoiles qui soudain mènent ailleurs, bouleversent la routine, transforment une vie. Dans la vie obscure et recluse de Séraphine, quel événement singulier pourrait en modifier le cours ? Elle peint sans intention de carrière, la gloire ne l'intéresse pas, elle n'y songe même pas et ne cherche pas à la gagner. Elle peint parce que c'est son devoir, comme une bonne paroissienne se doit de faire ses dévotions avec régularité. La rencontre avec Uhde n'avait pas changé sa vie. Elle n'avait pas intrigué ni influencé son avis, elle était restée fidèle à elle-même, tout entière dans sa révélation, comme la petite voyante de Lourdes, tenace dans ses dépositions et dans ses aveux, les maintenant malgré la pression hostile de ceux qui voulaient la faire passer pour une folle ou une simulatrice.

À Senlis, elle ne s'intéresse pas davantage à la vie locale. Ses rares incursions dans la ville se limitent à la place du marché et au parvis de la cathédrale. Peu d'amis ou de relations. Un certain Charles Hallo cependant croit beaucoup en elle : a-t-il pris d'une certaine manière la relève de Wilhelm Uhde ? Il est lui-même l'ami du peintre Albert Guillaume, par ailleurs président de la Société des amis des arts de Senlis, une de ces nombreuses associations qui font l'animation culturelle ou sportive de la ville. Hallo lui a parlé du travail secret de Séraphine, et quoiqu'il ne l'ait pas vu, Guillaume accepte qu'elle expose ses toiles à l'exposition du 16 octobre 1927 dans les salons de l'Hôtel de Ville. La manifestation est le point d'orgue de l'automne et rassemble les peintres du dimanche de Senlis. Inaugurée par le maire et les personnalités locales, elle est un véritable petit événement mondain. L'assistant de Guillaume, M. Demoinet, prend donc contact avec Séraphine. Mesure-t-elle l'importance de la sollicitation ? Toujours est-il qu'elle accepte d'un air presque hautain, car à force d'interpeller cet imaginaire débridé et inconnu d'elle-même, jeté presque à son insu sur la toile, elle a acquis depuis quelque temps une certaine distance et une hauteur qui pourraient faire croire à une mégalomanie très active. Elle accepte l'invitation et prévoit de confier trois toiles, un cerisier, un bouquet de lilas sur fond noir et deux ceps de vigne.

Les cartons sont lancés, envoyés aux notables de Senlis ; à l'accrochage, on s'affaire, les cimaises se couvrent de tableaux très conventionnels aux sujets typiques : scènes de chasse, sanglier et cerfs lacérés par une meute, cuivres reluisants contre lesquels se calent une pomme, une poire, une faïence, bouquets léchés de mimosas et de dahlias, d'hortensias et de pivoines sagement disposés dans des vases, champs de coquelicots et de liserons, crustacés trônant dans des plats près d'un verre de vin à moitié rempli : tout l'album des natures mortes et des scènes de la vie à la campagne, réalisé avec un luxe de détails, une application et un scrupule pour le réel presque scolaires.

Une place est réservée aux tableaux de Séraphine : elle tarde à venir, l'espace qui lui est consacré est vide, l'absence surprend déjà au milieu des tableaux tous identiques dans leur réalisation. Elle arrive enfin, on se moque déjà en la voyant entrer, certains même déplorent que le président de la Société ait accepté qu'elle expose. Des regards en coin, et même des réflexions fusent quand elle entre dans la salle d'exposition avec ses toiles, deux moyennes et une petite. L'altération de la réalité est telle que certains ne peuvent s'empêcher de dénoncer une aussi scandaleuse aberration. Séraphine ne voit ni n'entend rien. Elle demande à ce qu'on l'aide à suspendre ses toiles. L'espace laissé vide soudain s'emplit d'une vibration inconnue, tous les autres tableaux sont anéantis, vidés de leur substance, ne sont visibles que ceux de Séraphine, ses fleurs et ses fruits frémissent d'une force irrésistible, beaucoup la constatent et crient déjà à la magie. Pourquoi pas à la sorcellerie ?

Pendant ces préparatifs, Uhde est à Chantilly. Il lit *Le Courrier de l'Oise*, et apprend qu'une exposition de peinture régionale va s'ouvrir à l'Hôtel de Ville de Senlis. Et si Séraphine y exposait ? Il n'en sait encore rien mais décide de s'y rendre dès le vernissage. Étrangement, dans ses *Mémoires*, il écrit cette phrase laconique : « Le souvenir de Séraphine me traversa l'esprit. » Fallut-il donc un article de journal régional pour se souvenir de celle qu'il estimait un des plus grands peintres illuminés de ce début de siècle ? Pourquoi Uhde abandonna-t-il aussi précisément sa femme de ménage pendant tant d'années, plus de treize années, sans tenter, jamais, de reprendre contact avec elle, de chercher à savoir ce qu'elle était devenue après la tourmente de la guerre ?

« Frémissant d'impatience, écrit-il, je débarquai dans la vieille ville que je n'avais pas revue. Et de nouveau je parcourus ces ruelles grises et désertes, passai autour de ces églises aux clochers muets, devant ces demeures seigneuriales en apparence inhabitées, cette petite prison dont les cellules étaient comme des tombeaux, les fenêtres aux verres dépolies comme des yeux de mort, et dont les hôtes n'entendaient ni les pas ni les voix des passants, rien, si ce n'est le soir, le sabre tintinnabulant d'un spahi en burnous rouge flamboyant, qui se rendait à la maison non moins close d'en face, au mur couleur de chair putréfiée et au portail gothique qui dardait vers les rares visiteurs une herse menaçante… Puis je gravis l'escalier de pierre monumental de l'Hôtel de Ville, je pénétrai dans la salle dont les murs étaient couverts de tableaux d'aquarelles, de dessins de l'art provincial ordinaire. Et comme mon regard quêtait rapidement de l'un à l'autre, il découvrit soudain, dans un coin trois grandes toiles d'une puissance saisissante : un bouquet de lilas dans un vase noir, un cerisier, deux ceps de vigne chargés, l'un de raisins noirs, l'autre de raisins blancs. Et tandis que je contemplai des toiles de Séraphine, je crus tout à coup entendre s'éveiller et carillonner dans le lointain les cloches depuis longtemps muettes, celles de Saint-Fraimbault, de Saint-Aignan et de Sainte-Geneviève, celles de Saint-Hilaire, de Saint-Martin et de Saint-Étienne. »

Séraphine n'assiste pas au vernissage. Elle est retournée dans sa chambre, appelée par la voix de son ange. Il n'y a pas de trêve à son histoire, pas de répit. Il faut sacrifier à l'appel, à sa demande. Elle apprend le lendemain du vernissage que Wilhelm Uhde a visité l'exposition. Elle s'en réjouit à peine, toute à sa peinture, oublieuse du monde.

Les visiteurs sont quelque peu surpris par la violence sauvage qui se dégage des tableaux. « Où donc peut-on voir de tels cerisiers ? Qu'on nous les montre dans nos champs ! » persiflent-ils. Les autres œuvres exposées, compassées et convenues, scènes de genre et paysages, ne sont même plus regardées, comme si on les avait déjà vues les années passées et qu'on devait les revoir encore l'année prochaine et les années suivantes.... Quelque chose d'étrange se passe : Séraphine est devenue un objet de scandale. Ses toiles dérangent et contrarient la paix bien douce de Senlis. Comment accepter une telle provocation ? Certains évitent la confrontation, d'autres couvrent les tableaux d'injures et de sarcasmes. « C'est l'œuvre d'une folle… Il faudrait l'interner… L'empêcher de continuer… C'est une honte pour l'art français… Nous imposer une telle horreur ! »

La presse locale n'est pas moins cruelle avec elle. *Le Courrier de l'Oise* ne la cite pas lors de son compte rendu de l'exposition. Le journaliste se reprend cependant et le 23 octobre écrit, devant l'émoi suscité par Séraphine : « Vous me disiez que j'ai oublié la pièce originale de ce musée trop éphémère. Mais non ! Je pensais que vous la connaissiez déjà par mon ami Gillet et par la presse parisienne… Mais oui ! Séraphine est notre Douanier Rousseau ! Cette excellente personne a quitté le plumeau pour le pinceau. C'est une curieuse autodidacte. Elle n'a jamais pris de leçons et il ne convient pas qu'elle en prenne. C'est assurément un tempérament d'artiste dont l'attrayante naïveté rappelle l'art médiéval. Comment ? Mais certes oui, il faut l'encourager. Sa peinture est un document psychologique. Mais n'est-ce pas, ne négligeons pas pour cela l'art classique ni la vieille beauté française. »

Chef-d'œuvre d'article qui allie l'ironie et le mépris, la bêtise bourgeoise et le meurtre en règle... Tout est déjà dit de ce que la carrière future de Séraphine va engendrer : les brimades, le mépris, la relégation, la condescendance, l'oubli, l'exclusion... Tout cela lui sera sans doute encore servi, quatre-vingts ans après cette première exposition, comme si rien n'avait changé, les mœurs, les techniques artistiques, la manière de voir et de comprendre l'art, le regard sur les autodidactes, le mépris pour toute religiosité, etc.

Uhde retourne plusieurs fois à Senlis mais la seconde fois, de peur qu'un quelconque visiteur ne s'entiche de sa peinture, il achète les trois toiles. Le comité est un peu surpris mais ravi à la fois de gagner une somme relativement coquette d'autant plus qu'aucune autre toile exposée n'a trouvé d'acquéreur. Séraphine est invitée en personne pour recevoir les félicitations du Comité. Elle prend cette distinction avec beaucoup de fierté. Ce jour-là, elle s'est mise sur son trente et un : mantille noire, bas noirs, souliers à bouts vernis, comme le rapporte Uhde ; bien qu'il soit absent, Séraphine écoute avec une feinte modestie les éloges non moins affectés et redondants que lui font les messieurs du Comité. Secrètement, elle sait que ce qu'elle peint est génial, de cela elle n'a jamais douté. Quand Uhde vient récupérer à la fin de l'exposition les toiles qu'il a achetées, les organisateurs, toujours selon lui, le regardent avec obséquiosité. « Il y avait, écrit-il dans ses *Mémoires*, évidemment de la pitié et de l'ironie dans l'air et, comme j'atteignais la porte, quelqu'un soudain me cria : "Vous ignorez peut-être, Monsieur, mais cela s'est vu, que ces choses-là ont été prises au sérieux à Paris et ont atteint des prix fabuleux ? On ne sait jamais..." Avec une discrète hilarité, ces Messieurs me saluèrent encore une fois civilement, tandis que j'emportais les toiles hors de la salle antique. »

Il les tient jalousement, puis en confie une à sa sœur qui l'accompagne et une autre à son compagnon. Il n'a qu'une hâte : retrouver Séraphine, lui rendre visite, rue du Puits-Tiphaine. Mais osera-t-il ? Faut-il aller la voir ? Il hésite un instant puis se dirige vers la ruelle sombre. Il monte seul dans l'étroite cage d'escalier, attend encore un instant devant la porte palière, entend un bruit sourd dans la pièce comme quelque chose qui tape contre un mur, un carton, il ne sait pas au juste, il sait que Séraphine est là, une lumière falote vacille à travers les carreaux de la fenêtre. Il tape enfin. Elle dit : « Qui est là ? » Il répond : « C'est moi, Monsieur Uhde. » Un temps de silence suspend le dialogue. Séraphine doit être interloquée. « Qui ? » redemande-t-elle. « Moi, Monsieur Uhde, Wilhelm Uhde. Vous ne m'avez pas oublié, Séraphine ? »

La porte s'ouvre lentement. « Monsieur est de retour ? » dit-elle simplement. Uhde est chaviré d'émotion.

Ainsi tout recommence et tout se relie. Séraphine qui croit toujours en sa providence, manifeste une émotion moindre que celle de Uhde. Elle a cru à cette histoire souterraine fondée depuis longtemps, et que ni la guerre ni les séparations ne peuvent détruire. L'ange a tout prévu, tout organisé. « Monsieur a acheté, dit-elle, mes tableaux à l'Hôtel de Ville. Je ne vais plus en journée chez les autres. Je fais de la peinture, mais c'est terriblement difficile, je suis vieille et une débutante qui ne s'y connaît guère. » En quelques mots, elle dit tout, la solitude et le désarroi, et cette ignorance même envers son travail, ces toiles sitôt achevées, rangées contre un mur, et le désir profond de recommencer, de faire surgir d'autres bouquets jamais vus. Elle montre à Uhde certains d'entre eux, il reste sans voix, ébloui par la somptuosité des compositions florales. « Regardez, Monsieur Uhde, c'est ici le jardin du Bon Dieu, voyez toutes ces fleurs que j'y ai fait pousser. »

Pendant la conversation, elle fait cependant un geste. Elle pose un doigt sur ses lèvres, c'est Uhde qui raconte, et tend l'oreille vers la porte. On entend des pas, puis on frappe. Comme il n'y a pas de réponse, les pas s'éloignent. Je la regarde, dit-il, d'un air interrogateur. « Ce sont de méchantes femmes qui viennent tous les jours m'insulter. Elles disent que ce n'est pas convenable de ma part, et que c'est de l'effronterie de faire de la peinture quand on n'est qu'une servante sans instruction. »

Uhde s'inquiète de ses persécutions, il craint que Séraphine n'y prête trop attention et qu'une pathologie maniaque commence à se déclarer chez elle. Au juste, a-t-il vraiment entendu les pas dans l'escalier ? Séraphine est-elle la victime d'un persécuteur ?

Le fait est que dans Senlis, les mœurs ont changé depuis la guerre. Moins de compassion et d'indulgence à son égard, plus de mépris et de méchanceté gratuite contre celle que certains voient comme une clocharde, à peine humaine…

Uhde redouble de compassion pour elle. Il décide de s'occuper d'elle entièrement, de lui payer tous ses frais quotidiens, et surtout le matériel nécessaire pour peindre. Elle qui mélangeait jusqu'alors ses couleurs avec « l'essence empruntée à sa petite lampe de la Sainte-Vierge », est munie de tout ce qu'il faut pour peindre. Uhde voit grand, et se plie aux exigences de Séraphine, de plus en plus grandes. Secrètement, elle nourrit un vrai complexe de supériorité. Elle s'imagine la plus grande, la plus exceptionnelle femme peintre de l'histoire de l'art, et décide pour cela de signer désormais « Séraphine Louis, sans rivâle ». Elle le croit en toute innocence. Il ne s'agit pas de forfanterie, de vanité mal placée, mais d'une certitude intérieure, soufflée par les forces divines dont elle pense qu'elles sont pour elle, à l'œuvre. Elle qui n'a jamais appris quoi que ce soit en arts appliqués, sait exactement ce qu'elle veut, elle exige des châssis de taille très précis, comme il n'y en a pas à Senlis, Uhde les lui fait livrer de Paris par camion. Les livreurs débarquent de leurs véhicules des cadres de deux mètres de haut, des toiles toutes préparées, cela fait un vrai remue-ménage dans la rue du Puits-Tiphaine, les voisines regardent d'un air mauvais aux fenêtres le trafic qui se passe sous leurs yeux, de la rancune s'installe en elles : pourquoi ce M. Uhde qui vient chez elle et qui a belle apparence s'intéresse-t-il autant à Séraphine ? Quel sort lui a-t-elle jeté ? Progressivement, une rumeur de magie et de sorcellerie plane autour d'elle…

Séraphine vit en-dehors de tous ces ragots. Elle garde en elle cette fraîcheur qui lui donne la force de peindre ses fleurs, d'en inventer de nouvelles espèces, de rassembler des bouquets inédits. « Il est, dit Uhde, des objets auxquels elle ne touche point. » Toutes les couleurs qu'il lui fait parvenir à grands frais, provenant des meilleurs marchands du quartier des Beaux-Arts, ne lui conviennent pas. Elle les remise dans un coin de sa chambre et continue à s'approvisionner chez Mme Duval. Elle a ses petites manies et ses secrets qu'elle ne confie pas même à son bienfaiteur, des tours de main tirés de ses rituels personnels, nourris de ses angoisses, de ses illuminations, de ses visions. Elle ne remercie Uhde d'ailleurs que du bout des lèvres, comme si ses largesses étaient évidentes et obligées. La brillance dont elle recouvre certains pétales ressemble à des vitraux ou à des émaux. Elle parvient à cet éclat grâce à des mélanges spéciaux, de sa confection, elle est alchimiste qui transforme de la vulgaire laque Ripolin en émail du temps gothique…

De petites manies commencent à s'emparer d'elle. Elle ne peint que fenêtres et portes fermées à clé. Comme elle se méfie des intrus, elle a acheté une quantité de serrures et de cadenas qu'elle a fixés elle-même sur les huisseries. Dans la chambre enfin bien close, dans cette sécurité intérieure, elle commence le travail de magie, et fait apparaître la Merveille. Comme si cela ne suffisait pas, elle a confectionné un petit écriteau qu'elle a accroché au loquet de sa porte, sur lequel elle a inscrit en lettres peintes : « Mademoiselle Séraphine ne reçoit pas. »

Enfin seule, elle se livre à ses voix, elle attend tout d'elles.

12

Régulièrement, Uhde revient à Senlis pour la visiter. Il n'impose jamais sa présence et quelquefois même Séraphine ne lui ouvre pas sa porte. « C'est que je n'ai pas fini mon travail, Monsieur Uhde », lui dit-elle. Mais lorsqu'elle consent à le lui montrer, certaine que ses fleurs ne peuvent pas s'épanouir davantage, elle pose des questions inquiètes, doutant de son tableau : « C'est beaucoup mieux qu'avant ? » lui dit-elle comme pour se rassurer. « C'est beaucoup mieux, comme les grands artistes », répond Uhde. « Monsieur se moque ou Monsieur est trop aimable », dit-elle alors. Et Uhde, imperturbablement réplique : « Non, Séraphine, j'admire. »

De fait, Uhde est dans l'éblouissement constant des grandes toiles de Séraphine. Il s'étonne que, malgré son histoire « qui tient, écrit-il, en quelques mots dans une parenthèse », elle soit « capable de construire autour d'elle un monde immense et complexe, dans la représentation duquel la composition, le dessin, les couleurs, sont du premier coup achevés, comme s'ils procédaient de très loin, comme des fruits lentement mûris, d'une grande tradition ». Car ce qui séduit Uhde, c'est l'histoire lointaine de Séraphine, non pas celle d'une petite servante de l'Oise qui peint des fleurs et des fruits, mais plutôt le miracle d'un peintre qui traverse ses sujets, les feuilles, les fruits, les arbres, les fleurs, pour peindre, écrit-il, en vérité « l'image de Dieu, l'âme de cette France royale, le symbole de la ville médiévale, le génie de sa cathédrale dont le tintement des cloches s'est par miracle mué en couleurs ».

Très vite, Uhde va comparer le parcours de Séraphine à celui de Jeanne d'Arc : toutes deux bergères, toutes deux appelées par des voix, toutes deux brûlées vives par leur mission. Il pense souvent au danger de cette brûlure qui risque de l'anéantir, de l'ensevelir dans sa passion au sens le plus christique du terme, voyant plus tard dans le fait qu'elle sombre dans la démence, « un événement correspondant à la mort sur le bûcher de Rouen ». très explicitement, Uhde revient de ses voyages à Senlis plus certain de l'évolution mystique de Séraphine.

Quelle que soit l'authenticité de ses voix, force lui est de constater que l'aggravation de sa santé psychique qu'il note sensiblement, ouvre néanmoins la voie à des chefs-d'œuvre, à des compositions florales qui n'ont plus rien à voir avec ce qu'il appelle « la peinture rustique décorative ». Plus Séraphine est livrée à sa peinture, plus elle ose des compositions hors du réel. Ses fleurs sont comme inspirées par des germinations nouvelles, une fièvre les parcourt, un souffle comparable au vent qui précède les grands miracles du Christ s'est emparé d'elles. Alors elle ne contrôle plus le tableau, elle est soumise à la tension qui la possède, à la manière frénétique de Thérèse d'Avila, durant sa transverbération, à Bernadette Soubirous en état de voyance devant la Grotte de Massabielle, indifférente à la foule de curieux qui l'entoure. Mais chez Séraphine la voyance est intérieure, elle projette ce qu'elle voit au fond d'elle-même. Aucune technique ne vient organiser et ordonner le tableau : c'est le souffle qui guide.

Quand Uhde la voit dans cet état presque extatique, dans les émanations d'essence de térébenthine et d'huile de lin, il ne peut plus parler, c'est un instant religieux qui vient de s'installer. Séraphine, bien incapable d'adopter une quelconque posture de peintre inspiré, a les yeux au ciel comme une sainte en extase, sa palette à la main, elle semble l'offrir à ses voix. Parmi les rares clichés photographiques qui ont échappé aux destructions du temps, elle a ce visage à peine revenu d'un autre monde, d'un autre temps. La fatigue est lisible sur un des clichés, le sarrau noir qu'elle porte lui donne cet air de madone massive sensible dans la peinture des primitifs italiens, elle ressemble, en à peine plus âgée, à la Vierge de Giotto, à la chair lourde et rustique, aux mains paysannes, au regard las. Une terrible humanité la traverse. Il semble que son visage crie : pourquoi tant de labeur, tant d'acharnement dans cette quête intérieure qu'elle conduit depuis tant d'années déjà ? L'esprit quelquefois vacille, aux voix de son ange s'ajoutent celles des mégères de la ville qui continuent, prétend-elle, de la harceler. C'est nuit et jour désormais que les voix agissent.

Elle se plaint souvent auprès de Anne-Marie Uhde de ne plus savoir comment faire pour dominer ce chambardement intérieur, ce tumulte des voix. Comme Uhde est très généreux avec elle, que jamais il ne l'aura exploitée, elle possède quelque argent qu'elle peut aussi bien conserver que dépenser en futilités auxquelles, il y a peu encore, elle ne succombait pas. Revient, prétend-elle, le fiancé Cyrille, il est revenu enfin de la guerre, il a marché tant de temps, sillonné tant de mers pour la rejoindre, il lui a enfin promis de l'épouser, alors elle se précipite à la Maison Duchet, couturière, pour acheter une robe de mariée. Sans scrupule, la couturière lui en vend une. On rit de ses extravagances, on la voit bien entrer dans une sorte de folie mais personne ne s'en préoccupe vraiment. Elle n'est ni dangereuse ni scandaleuse, elle ne trouble pas l'ordre public : que pourrait-on faire ?

Toutefois, Uhde constate bien que la beauté des toiles va de pair avec le délabrement de son esprit. Il envoie désormais sa sœur de Chantilly à Senlis pour lui apporter de l'argent et des fournitures de peinture. Il a décidé désormais de la payer à la semaine pour qu'elle ne dépense pas tout d'un coup, en caprices inutiles. Mais Séraphine ferme sa porte selon son humeur du moment : « Mettez ce que vous avez apporté sur le palier. Je ne peux vous recevoir. Je suis en inspiration. »

Sourdement, des comportements suspects s'installent : elle qui n'a jamais vécu que de rien, devient dépensière. Elle déclare à qui veut l'entendre qu'elle veut se constituer un trousseau, qu'elle va se marier et qu'il lui faut du linge de maison, de la vaisselle, de l'argenterie. Comme Uhde lui achète tous ses tableaux, elle dépense sans compter. On la voit désormais en ville, achetant des ménagères en métal argenté, des cadres luxueux en bois doré ornés d'angelots en stuc, des vases aux formes fluides, des copies de Gallé en pâte de verre, des tentures et des passementeries trop voyantes. Elle entrepose tous ses achats dans sa chambre sans les installer, se contente de les déposer dans un coin, et ne s'en occupe plus. Très vite, entre les grandes toiles d'où surgissent les impressionnants bouquets et ses « trouvailles », comme elle dit, il n'y a plus de place pour vivre. Uhde, complaisant, lui loue alors la petite pièce contiguë convoitée depuis longtemps. Aussitôt louée, elle est investie par toutes sortes d'objets, véritable caverne d'Ali Baba qu'elle visite quelquefois avec un air de contentement et même de vanité. Peu à peu son tempérament se transforme.

D'humble elle devient arrogante, de modeste elle devient fière, de douce et soumise, elle devient hostile et revendicative. Une forme de mégalomanie se dessine précisément. Elle a désormais de vastes projets : elle rêve d'une grande maison bourgeoise telle qu'elle l'imagine et telle qu'on en voit au-delà des hauts murs de pierres meulières, dans les rues de Senlis. Rien n'est trop beau maintenant pour elle, sa peinture et le succès que ses toiles ont auprès d'un marchand célèbre de tableaux, la rassurent et lui donnent un statut qu'elle n'a jamais espéré. Une sorte de revanche s'empare d'elle. Elle, la petite gardienne de vaches d'Arcy est un peintre célèbre qui vend toute sa production. De fait, Uhde travaille à créer la cote de Séraphine avec ardeur. Il présente partout les toiles qu'il lui achète, se dépense comme un forcené pour faire accepter cette peinture dite naïve et qui à ses yeux cependant ne l'est pas du tout. La violence embrasée des toiles est si inadmissible qu'il a de la peine encore à convaincre. « Il est grand et difficile de vivre avec (elles) », écrit-il, en 1928 dans un de ses ouvrages, *De Picasso et la tradition française*, petit opuscule publié à 1500 exemplaires chez un éditeur à compte d'auteur.

La ferveur mystique qui s'en dégage, semblable à des « prières extatiques de nonnes ravies en Dieu », est telle qu'elle affecte presque le regard de ceux qui les admirent, elle les trouble et les désempare parce qu'ils n'ont jamais rien vu de semblable nulle part, pas plus que Séraphine d'ailleurs qui n'a jamais eu un lien quelconque avec une école de peinture. Uhde précise bien ce point-là : Manet pouvait « invoquer le témoignage de Vélasquez », dit-il, Corot ceux de « Le Nain ou de Chardin ou encore de Guardi », mais pas Séraphine. Elle ne se revendique de personne parce qu'elle ne connaît personne.

Sa mégalomanie cependant s'amplifie. Après l'exposition de 1927, sa personnalité se dédouble. Tantôt dans la dépense tantôt dans la rétention, tantôt dans le monde, tantôt au désert. Elle qui se disait la plus humble des filles, celle dont la Bonne Mère serait la plus fière, ne rêve que de funérailles grandioses. L'angoisse de l'enterrement de dernière classe, celui accordé aux nécessiteux ou pire encore de la fosse commune l'habite et la travaille de manière obsessionnelle. Ses motifs réverbèrent cette angoisse. La palette s'assombrit, elle s'approche de Goya ou de Vélasquez. Elle veut donc organiser son enterrement avec précision. Pour cela, elle paye d'avance une entreprise de pompes funèbres, choisit l'enterrement de première classe, avec « messieurs en brassards » qui suivent le cortège funèbre, et encadrent le cercueil, prévoit la procession de tous ceux qui auront d'ici sa mort acheté ses toiles et de tous ceux qui l'auront admirée dans les musées, entrée triomphale dans la grande nef centrale de la cathédrale, grandes orgues bien entendu, puis cortège dans la grand-rue de la ville et arrêt devant la statue que la ville de Senlis lui aura édifiée, éloge funèbre prononcé par les plus grands critiques d'art de Paris et enfin mise en terre à Arcy, dans son village natal, sous une dalle gravée de ces mots : « Ici repose Séraphine Louis Maillard sans rivale, en attendant la résurrection bienheureuse »...

Lentement se développe un orgueil démesuré qui va de pair avec la grandeur des toiles qu'elle exécute. Un désir irrépressible de dépasser les limites, d'aller au-delà même du cadre des châssis. Ce qu'elle veut, dit-elle à Uhde, c'est « toujours plus grand, toujours plus haut ». La verticalité des compositions trahit le sentiment furieux d'atteindre Dieu, d'aller vers lui, de se délivrer du poids terrestre, de s'aérer. Elle entre alors, entre 1928 et 1932, dans sa grande période créatrice et géniale. Les bouquets, les arbres qu'elle compose dépassent ceux qu'elle peignait il y a peu de temps encore. La grandeur des toiles lui convient bien, elle l'aide à exprimer la violence qui est contenue en elle, à faire jaillir ses frustrations, ses désirs les plus baroques, les plus extravagants. C'est l'époque des « grands Séraphine » : Les *Lilas blancs sur fond rose*, les *Pommes avec feuilles*, l'*Arbre de vie*, les *Grandes Feuilles*, ou *Feuilles d'Automne*, l'*Arbre rouge* : c'est toute une forêt luxuriante et fascinante qu'elle explore et délivre. Il semble que son incursion dans des mondes oubliés ou nouveaux qu'elle visite libère des espèces, fasse entrevoir des paradis ou des enfers. C'est la nouvelle composante de son œuvre : jusqu'alors, elle peignait pour la Vierge, pour sa gloire et celle de Dieu, à présent, la représentation de la nature s'étend à des mondes plus hostiles, plus infernaux. Les *Grappes de raisins*, dans leur verticalité agressive, semblent monter à l'assaut de la terre des hommes, l'envahir et la coloniser.

D'où viennent ces ceps monstrueux, ces feuilles de vigne emplumées et serties de pierres précieuses ? Désormais les tableaux de Séraphine jouent entre louange et effroi. La tension particulière qui s'empare d'elle fait pressentir la prostration future. Elle peint dans un tel état d'exaltation que Uhde et sa sœur craignent pour elle une commotion cérébrale. Elle s'exalte de plus en plus, prie et peint à genoux, ne mange presque plus, vit volets clos, et réclame toujours des toiles, comme une affamée. *La Grande Séraphine bleue*, peinte à cette époque, montre un arbre inconnu, aux feuilles tourbillonnantes, au tronc embrasé, le fond est crépusculaire, présage d'un avenir nocturne et désespéré. De même *L'Arbre du Paradis* légèrement incliné sur la droite déverse ses fleurs et ses feuilles semblables à des joyaux sur un sol de « mille fleurs » qu'entrave une rivière. Une feuille inquiète au milieu de la composition, comme un œil de malédiction qui fixe le spectateur. De même *L'Arbre rouge*, toujours aussi incliné que *L'Arbre du Paradis*, révèle un feuillage de plumes touffu. Le mouvement de tout l'ensemble, la chute irrémédiable vers quoi l'arbre se porte, montrent à l'évidence une sourde menace. Toutes ces œuvres bruissent d'une rumeur tragique. Elle semble épuisée, la veine mariale de Séraphine cède la place à un univers plus douloureux et plus méphitique ! Ses premières toiles, elle les avait conçues comme des *alleluia*, des *gloria*, des transcriptions de louanges entendues à la messe du dimanche. C'est maintenant quelque chose de plus archaïque, de plus barbare qui se donne à voir. Uhde compare cette période grandiose à l'art singulier de Van Gogh : « Les tournesols et les cyprès flamboyants de Van Gogh, écrit-il, sont soumis à la même loi secrète d'une botanique spéciale que parfois les arbres et les fleurs de Séraphine. » C'est à cette période, selon le témoignage oral d'Anne-Marie Uhde, que Séraphine commence vraiment à délirer : paroles de voyante, discours mystiques, bien connus chez les patientes de Charcot à la Salpêtrière. Quand en 1929, elle la photographie, et qu'elle lui demande une pose plus naturelle, plus spontanée, Séraphine s'y oppose, elle veut garder les yeux élevés vers le ciel, comme elle imagine que doivent faire les saintes et n'en démord pas. « C'est que tout me vient d'en haut... », répond-elle à tous les arguments...

La presse nationale, intriguée par les communications de Uhde et la rumeur qu'il dispense dans le Paris des arts et des lettres, commence à s'intéresser à elle. On peut lire alors des articles qui la rapprochent du Douanier Rousseau. Uhde cependant ne croit pas à ces similitudes, voyant dans Séraphine une peinture plus religieuse, plus spirituelle, que n'auraient pas désavouée les cartonniers des grands liciers du Moyen Âge auxquels son travail s'apparente. Comme à son habitude, Uhde organise des expositions privées, chez lui, chez des amis possédant de beaux appartements, chez Bernheim. Pas plus de deux ou trois toiles, mais l'intensité des marguerites et des arbres de Séraphine est telle qu'elles embrasent l'espace, la saturent même. Aux États-Unis avec lesquels Uhde travaille, on parle très vite de Séraphine, de cette peinture si insolite et si déroutante. Le cas, dit Uhde, est « unique et individuel. Se reproduit le miracle gothique qui, naguère, jaillit de la collaboration de l'enthousiasme franc et du style gallo-romain dans cette même et divine Île-de-France. » Séraphine apprend par les Uhde les succès grandissants de sa notoriété. Elle les reçoit sans ciller, sûre de son talent. Uhde quelquefois lui montre les peintres qu'il a découverts, Rousseau, Vivin. Ceux qui s'apparenteraient le plus à sa peinture. Elle regarde les reproductions mais semble ne pas s'y intéresser, paraît même les mépriser. « C'est de la peinture, ça ? » dit-elle d'un air hautain. En tout cas, elle ne se retrouve pas dans la naïveté de ces peintres, elle ne voit aucune proximité avec eux. « Non, dit-elle, je suis sans rivâle. » Elle appuie alors largement sur la dernière syllabe, affectant de croire qu'il y a un accent circonflexe sur le a !

A-t-elle à ce moment de sa vie, au tout début des années 1930, cessé de pratiquer la religion catholique ? Sa pratique certes est moins fréquente, moins paroissienne. Elle n'aime plus guère se rendre aux offices, préférant s'aménager une religion à elle, dont elle aura fixé les règles. Mais toute les figures de la famille catholique y sont toujours réunies et louées. Est-ce un effet de sa célébrité ? Est-ce sincère ou curieux ? Toujours est-il qu'elle reçoit quelques visites, particulièrement celles de la mère supérieure de son ancien couvent qui éprouve pour elle une certaine compassion mais qui lui conseille aussi de ne pas faire de scandale à la cathédrale en refusant de se rendre aux offices réservés aux domestiques, (« à la valetaille », dit Séraphine), et donc de ne pas aller provoquer les paroissiens bourgeois en assistant à leurs messes. Mais Séraphine ne veut rien entendre. Elle croit à la justice et assure qu'elle ira à la messe qu'elle veut… Uhde fait un parallèle très intéressant entre le prénom de Séraphine et les séraphins, les anges embrasés qui occupent la première place dans la hiérarchie des anges… « Quel nom eût mieux convenu, écrit-il, à cette femme qui ne faisait pas de la “bonne peinture” mais qui créait les matérialisations d'une âme passionnée remplie de Dieu, dans l'esprit de l'hystérie érotique du Moyen Âge » ?

Nouvelle approche de la peinture de Séraphine : elle n'est pas si angélique qu'on veut bien le prétendre et surtout elle échappe, au fur et à mesure de l'envol créatif, au bel album sulpicien auquel on croyait qu'elle appartenait dans ses premières œuvres, au regard de sa piété naïve.

13

La dimension mystique éclate dans ces années proches de la guerre. Toute la violence contenue en Séraphine depuis l'enfance, tout ce ressentiment finalement, ce passif douloureux, ce contentieux social, cette amertume de ne pouvoir rejoindre sa vocation religieuse, et surtout la solitude, le sentiment d'être rejetée, tout concourt à « hystériser » d'une certaine manière son imaginaire. Elle ne semble, selon Mlle Uhde, jamais en repos, agitée d'un désir de peindre qui efface tout, rend tout subalterne. Peindre toujours comme pour combler un manque, expier une faute hypothétique, refuser à jamais sa condition d'exclue ou d'exilée. Quelquefois cependant, parce qu'elle se plaint de maux de tête, elle s'octroie enfin une sortie. C'est alors toute une expédition. En contact permanent avec ses voix et ses entités bienveillantes, et en accord avec elles, elle prépare son petit voyage. Sortir de la clôture est tout un événement qui nécessite une préparation intérieure très grande.

Elle va à Chantilly, chez les Uhde, à vrai dire, ses seuls interlocuteurs, les seuls en tout cas qui soient capables de comprendre la nature de son labeur. Une dizaine de kilomètres sépare Senlis de l'autre ville royale. La marche ne lui fait pas peur, elle a encore cette robustesse acquise depuis l'enfance, celle des gens de la campagne, habitués à marcher sous n'importe quel climat, peu accoutumés à se plaindre. Elle se munit d'un petit panier qu'elle remplit de provisions pour pique-niquer sur le bord de la route ou dans quelque clairière de la forêt domaniale qu'elle va longer, elle n'oublie pas un petit pliant de toile pour se reposer, et elle part. Ces petites excursions sont rares, elles l'aveuglent presque, elle qui est si peu habituée, depuis sa vocation de peintre, à la lumière du jour ! Elle redécouvre cette nature qu'elle connaît bien, avec laquelle jadis elle entretenait de vibrants rapports, des dialogues interminables qui la ravissaient et la faisaient déjà un peu bizarre auprès des fermiers qui l'employaient.

Sur la route, Séraphine, toute de noir vêtue, chantonne et murmure des mots, ce sont des conversations privées avec les fleurs et les arbres, avec l'ange qui la suit partout. Elle éprouve un certain bonheur, ces jours-là, une sorte de vie recommencée, de baptême dans la nature. Mlle Uhde qui habite plus souvent que son frère à Chantilly, la reçoit, elles bavardent ensemble, de tout, de rien, Séraphine lui fait boire son « petit vin d'énergie » qu'elle emporte toujours avec elle, elle lui parle de cette peinture qui la harcèle : « C'est mon devoir, dit-elle, impossible de m'y dérober. » Les fleurs des champs, sauvages et libres qui poussent sur les talus, si elles lui donnent des modèles, ne sont pas pour autant des objets à reproduire exactement, son œil vif et noir s'empare de la forme des graminées égarées sur les talus, des coquelicots, des plumes de faisans et de perdrix accrochées à un buisson et elle emporte toute cette provision ailleurs, dans son monde à elle, l'attire dans son antre obscur. Après ces journées lumineuses, ces marches à l'orée des bois, elle retourne dans sa cellule ardente et sacrifie à la tyrannie de son labeur.

L'histoire est toujours aussi simple, entre lumière et obscurité, entre nuit et jour. Sa chambre est une chapelle ornée de hautes toiles comme des verrières. Le plafond y est bas, et les toiles l'atteignent. Les feuilles et les arbres semblent partir à l'assaut des murs, les lierres rampent et gagnent la corniche. Séraphine dit qu'elle n'a pas besoin de beaucoup de lumière puisque ses tableaux lui en renvoient. Aussi est-ce avec un certain désappointement qu'elle voit venir régulièrement les jours où il faut bien qu'elle les décroche et les donne aux transporteurs qui, de Paris, viennent les chercher à la demande de Uhde qui s'est assuré toute sa production. Ces jours-là, Séraphine voit tout son labeur se volatiliser, les murs redeviennent ternes et elle se dit alors qu'il faut tout recommencer : inlassable travail qui va réenchanter la chambre-caverne. Comme les toiles sont très hautes et de peur de les abîmer en les descendant dans l'étroite cage d'escalier, les transporteurs les passent par la fenêtre : insolite spectacle de ces immenses bouquets colorés et chatoyants, glissant le long des murs noirs de la maison, puis rangés studieusement dans le camion avant l'éblouissement toujours renouvelé de Uhde !

À cette époque qui précède la guerre, Séraphine est de plus en plus connue : les expositions où elle trône le plus souvent, objet de toutes les admirations des visiteurs et aussi de leur stupéfaction, font d'elle une légende vivante, l'icône de l'art primitif très en vogue alors à Paris. Son absence accroît la curiosité et l'intérêt qu'on lui porte. Dès 1929, l'exposition intitulée « Les Peintres du Sacré-Cœur » lui donne une place de tout premier rang sans la ranger aux côtés de Vivin qui, lui, peint, avec application, l'édifice montmartrois. Mais c'est en 1932, qu'une autre exposition dont l'intitulé paraît plus juste, « Les Primitifs modernes », à l'initiative de Uhde, renforcera son autorité et sa renommée.

Les journaux et les revues d'art citent son nom, des collections privées se sont déjà enrichies de certains de ses bouquets. Comme Rousseau, elle reçoit chez elle des visiteurs qui veulent voir son travail et même le lui acheter mais comme elle a promis de tout donner à Uhde, elle les renvoie à lui. Elle dit qu'elle ne s'occupe pas des problèmes d'argent, que c'est le travail de son « agent ». Comme Rousseau, elle a cette certitude d'être le génie auquel ne peuvent incomber les tâches matérielles, sûre d'être uniquement l'artiste qui crée et que ses seuls interlocuteurs sont Dieu, la Vierge, les saints et les anges…

La récession économique qui s'installe dès 1930 va cependant réduire le train de vie de Séraphine. Elle qui a toujours vécu humblement a désormais de l'argent et entend le dépenser comme elle le veut. Uhde voit se profiler à l'horizon une crise qui l'oblige à réduire ses frais et particulièrement ceux qu'il engage auprès de Séraphine. Elle ne comprend pas cependant la situation et continue à dépenser les quelques économies qui lui restent. « Comme naguère le Douanier Rousseau, raconte

Uhde, elle vivait dans un monde lointain et étranger et ne comprenait rien à ce qui se passait autour d'elle. Presque tous les jours, elle achetait quelque objet inutile, des meubles, des tapis, des douzaines de tableaux et des fourchettes à virole d'argent. Elle rêvait de commandes, de ventes fabuleuses, de gloire mondiale et d'opulence ».

Uhde lui apparaît soudain hostile, puisqu'il ne parvient pas à la propulser au faîte de cette gloire qu'elle revendique naturellement. Peu à peu, une angoisse sourde va monter en elle. Elle qui recevait jusqu'à présent ses visiteurs de Paris et quelques personnes bienveillantes de Senlis, témoins de son succès, ferme sa porte à tout le monde. Elle dit craindre le « mauvais œil », elle devient superstitieuse et se cadenasse comme dans les années 1920. La nuit, elle entrouvre ses persiennes et, alertée par des pas, suit le passant qui disparaît dans la ruelle. Un délire de persécution commence à se développer. Il est encore maîtrisé mais Séraphine elle-même trouve que quelquefois sa tête s'embrouille, qu'elle a des attitudes bizarres. Tout entière vouée à sa peinture, elle peint comme une exaltée, croit au miracle de la toile blanche sur laquelle va s'inscrire le motif à son insu, parce que les voix auront parlé…

Sa certitude d'être un immense peintre l'habite complètement. Quand elle accepte que Uhde vienne lui rendre visite, elle lui demande de parler des peintres qu'il défend. Par avance, elle ne les aime pas, leur dénie tout talent, comme si, elle seule, avait le privilège de peindre par essence divine. À chaque fois qu'elle évoque sa peinture, elle fait toujours référence à la nature essentiellement sacrée de son travail. Elle ne conçoit ce travail que comme un martyre assumé. C'est pourquoi les ateliers collectifs qui, dans ces années 1920-1930 étaient nombreux, sont inimaginables pour elle. Quand Uhde lui parle des groupes de peintres de Montmartre ou de Montparnasse, elle est stupéfaite et il ne lui en faut pas savoir davantage pour prétendre qu'ils ne sont pas des peintres mais des hommes et des femmes qui « barbouillent ». Uhde s'amuse de ses pudibonderies quand il lui raconte des épisodes pittoresques de la vie de bohême. Elle feint alors de ne pas les entendre et revient à son chevalet, contemple sa toile inachevée, prend sa palette et rectifie une feuille, une fleur. Son silence est comme une réprobation, une sanction proférée. Elle tente de faire comprendre à son bienfaiteur ce qu'elle entend par peinture : une entreprise de foi, intense et douloureuse, une marche vers la Croix. Uhde qui connaît la vie libre de ses amis parisiens s'amuse de la conviction inébranlable de Séraphine. Elle est sans appel et sans indulgence pour les extravagances de ses amis. « La peinture, monsieur Uhde, c'est une autre histoire. C'est qu'on parle avec Dieu quand on peint, on ne joue pas, on ne triche pas, on ne peut pas se permettre. Alors, tous vos amis, croyez-moi… » Et elle reprend le travail, laissant ses mots en suspens, lourds de sens…

Elle se montre toujours offusquée quand on vient opposer à son silence de recluse, la vie extérieure. Elle dit que sa chambre, c'est un tabernacle, un lieu sacré où brille toujours la petite flamme du Saint-Sacrement. Son esprit « dérangé », commence-t-on à dire sous cape dans Senlis, lui ordonne de s'appliquer davantage encore aux feuilles et aux fleurs. Elle dit que son ange la somme de les sertir de pierres, de perles et d'or et elle s'exécute avec patience. « N'aie crainte, dit-elle à sa voix, je leur ferai des parures royales, des bouquets comme des manteaux de majesté. Je serai l'orfèvre du Bon Dieu. »

14

Le silence apparent est sa seule protection. On la croit abîmée dans sa folie de peindre, mais en réalité elle ne cesse de monologuer, de se raconter mille et une histoires dont certaines auraient bien dérangé ceux qui la méprisaient ou se moquaient d'elle. Souvent il arrive qu'ayant accepté quelques travaux ménagers pour subsister, elle les abandonne en plein milieu, et reprenne, presque épouvantée, le chemin du Puits-Tiphaine. Et là, sans prendre même la peine d'enlever son manteau ou sa veste, elle se met au travail, mélange furieusement les couleurs et se lance à l'assaut d'une nouvelle efflorescence. C'est cette énergie considérable mise au service de la peinture qui impressionne Uhde, toutes ces forces vitales rassemblées dans l'acte de peindre, qu'il n'avait jamais vues aussi déployées, chez d'autres peintres, le Douanier Rousseau par exemple qui peignait avec une méthode, une rigueur, une méticulosité sans aucun rapport avec la rage de peindre de Séraphine. Il ressort toujours rasséréné du sombre « cachot » de Séraphine, comme si elle avait su lui insuffler sa sauvagerie naturelle, lui si raffiné, si élégant, si esthète.

La méthode de Séraphine date depuis longtemps cependant. Dès l'enfance, elle a appris à rassembler des choses ou des éléments qui comblent son regard, elle enfouit tout en elle, sûre qu'un jour elle pourra redonner ce qu'elle aime tant et qu'elle a su conserver. Quand elle commence un nouveau tableau, c'est en aveugle qu'elle va, les yeux presque clos, comme une petite mystique qui attend le message de Dieu, son ordre ou sa grâce. Les images amoncelées depuis le temps où elle gardait les bêtes, depuis le couvent, reviennent alors avec force et c'est dans une sorte de don immense, bestial, qu'elle les projette sur la toile. Elle qui rêvait d'avoir des enfants dit à présent qu'elle « accouche » d'eux dans ses toiles, mais aussi de monstres, de plantes infernales qu'elle ne peut réprimer et bâillonner.

Ses excentricités lassent tous ses employeurs auxquels elle continue de se louer pour accroître, dit-elle, ses petites économies… La Séraphine du couvent n'est décidément plus fiable, plus sûre. Mais la peinture la sauve de toutes les vexations, de toutes les brimades. Elle n'a plus la fierté d'autrefois, celle du temps des religieuses où elle avait à cœur de cirer jusqu'à s'écorcher les genoux, de travailler jusqu'à la nuit tombée pour se fondre ensuite dans le chant des moniales, presque béate. Quelquefois encore, au cours des quelques ménages qu'elle fait, elle retrouve d'anciens tableautins qu'elle a donnés en échange d'un peu plus de nourriture. Elle les revoit remisés dans les coins des grenier ou des buanderies, jetés à même le sol, et étrangement, les bouquets encore simplets de ses débuts brillent d'un éclat singulier. Elle les reprend alors, les met à l'abri, et les interpelle à mi-voix : « Vous me faites honneur, malgré votre solitude.

Vous n'avez pas perdu votre brillance. Vous ne vous êtes pas fanées. Vivez, mes fleurs, vous êtes immortelles. »

De tels instants la réconfortent et lui donnent comme une secrète vengeance, l'envie de faire des tableaux encore plus vastes, de composer des bouquets imaginaires, dotés de pouvoirs inconnus. Alors, elle prolonge ses fleurs, ses pivoines, ses coquelicots, ses marguerites, de bijoux dont elle les recouvre, les emplume et les fleurs se confondent avec des oiseaux de Paradis, deviennent métamorphosées. « Ils ne vont plus rien y comprendre », dit-elle, donnant à ce pronom indéfini une valeur vengeresse… « Ils » : les bourgeois, les maîtres qui l'emploient, l'archiprêtre qui lui refuse l'entrée à la grand messe. Dans ces moments-là, surnaturels, elle ne se possède plus, ne se reconnaît plus. L'esprit dérape vers d'autres langages, d'autres musiques, d'autres paysages. Elle s'en effraie mais il est trop tard, puisqu'il faut défier les critiques, les méchants, se risquer soi-même, pour aller toujours plus loin, dans les confins de terres inconnues, reculées où poussent des espèces inouïes.

Quand viennent ces instants, Séraphine est presque en transes, non pas des transes exubérantes, mais l'hystérie, nouée en elle comme un poing, s'avance dans sa nuit. Alors le délire commence. C'est à cette période, en 1931-1932, que vont commencer à se manifester de manière subreptice, encore explicables pour elle, des accès délirants, des monologues insensés qui vont lentement la faire basculer dans un monde à elle, étranger aux autres. Ce qu'elle exige de ses voix à présent, c'est que sa main ne soit plus que l'outil de l'inconnu. Elle est effrayée bien souvent devant ce qui naît sous son pinceau. Elle-même se demande « d'où » cela vient : mais comment en arrêter alors le flux ? Elle le laisse donc aller, accueillant bêtes rampantes, vers de terre sertis de pierres précieuses, larves et papillon, chenilles comme des bijoux, feuilles provenant de plumages légendaires, auxquels elle va mêler toutes les fleurs de son enfance et celles qui ornaient les autels des mois de mai : campanules, muguet, lis, marguerites…

Le lendemain après la folie de la nuit créatrice, elle contemple sa toile, presque toujours achevée, car comment reprendre le travail, comment renouer avec les mêmes voix, le même souffle ? Et presque toujours, elle se définit « sans rivâle » (*sic*), car qui au monde a pu faire de semblables choses ? « Fleurs de folle, dit-elle, ça oui, ce sont des fleurs qui ne sont pas sages, rien à voir avec les jolies cartes postales des Amis des Arts, mais si l'on cherche bien, si l'on regarde bien, elles existent bien, mes fleurs, il suffit de voir. » Quand elle dit « voir », elle donne l'impression d'avoir tout dit du monde et de sa création. Voir pour elle, c'est voir à l'intérieur des choses. Entrer dans leur monde. Passer par leur nuit au-delà de laquelle il y a toute la lumière.

Quelquefois, elle se rend dans des églises, s'y faufile comme une voleuse, elle prie devant les autels consacrés à la Vierge Marie, et aux saints, prie peu devant le Christ, et prend subrepticement quelques bougies, ou bien encore de l'huile qui alimente une mèche éclairée. Elle ne pense pas un seul instant dérober quoi que ce soit, il ne lui viendrait pas même à l'idée de s'en repentir à confesse puisqu'elle fait cela pour la Vierge Marie. Arrivée chez elle, elle mélange l'huile « sainte » dit-elle, à ses peintures, à ses pigments, et elle fait sa petite recette : elle croit, répète-t-elle à qui veut l'entendre, que ses secrets d'apothicaire vont donner plus d'envol à ses plumes et à ses pétales, plus de légèreté à ses feuilles… Peu à peu la peinture s'associe à l'idée de la magie.

Uhde lui-même est très étonné de la tournure que prend la peinture de Séraphine. Il craint pour sa santé mentale, se demande s'il ne doit pas cesser de l'inciter à peindre, mais par ailleurs comment résister à de tels joyaux ? À de tels travaux de haute-lice et d'orfèvrerie ? Picasso qu'il connaît bien n'a pas la même optique bien sûr, sa conception de la peinture procède d'une histoire de l'art, déstructurée, recomposée. Séraphine ne connaît rien, ne sait rien, elle va où la porte l'instinct. Il ne lui reste justement que la magie pour avancer, que l'irrationnel. À peine un peu « d'ambroisie », comme elle dit, son petit vin, pour prendre des forces aussitôt livrées à l'épuisant labeur. Puis le souffle tape contre la toile, comme le pinceau dont, avec des grâces exquises, elle maîtrise la violence pour cerner les pétales de perles nacrées. Il y a aussi des moments où il faut bien commencer une nouvelle toile, quelle impatience alors ! Elle a ses rites institués depuis longtemps : la sortie en forêt pour faire provision mentale de feuilles, d'herbes, de branches, de fleurs. Elle les ramène dans sa mémoire, et les dispose déjà dans son esprit. Mais il faut aussi l'inspiration qu'elle va chercher avant que le bedeau ne ferme les grandes portes de la cathédrale, dans les chapelles les plus discrètes.

Il n'est pas rare de voir sa silhouette sombre agenouillée, et son regard en extase devant l'ange Gabriel, ou devant un vitrail représentant Jeanne d'Arc, dont elle se sent si proche parce que, comme elle, elle a le sentiment singulier de défendre quelque chose de la France et de la terre natale (n'avait-elle pas gardé pieusement, comme une relique, un drapeau français qu'elle avait planté au chevet de son lit ?). Comme la jeune fille de Domrémy, elle a des voix qui lui disent de ne pas avoir peur, d'avancer coûte que coûte, d'être vaillante et déterminée, de ne pas faire cas des conventions et des usages. Puisque Dieu le veut, il s'agit seulement d'obéir. Elle invoque donc ses saints et ses anges, les supplie de lui donner de l'inspiration. Elle n'est capable au mieux, dit-elle, que de faire les fonds, à l'Esprit saint ensuite de poursuivre la tâche !

La mère supérieure du couvent Saint-Joseph est quelquefois inquiète devant ces débordements mystiques, elle craint que l'esprit de Séraphine ne soit dérangé et qu'elle se prenne pour une voyante à l'instar de celle de Lourdes. Elle la met en garde, mais Séraphine lui renvoie le compliment : « C'est vous, ma Mère, qui n'avez pas l'esprit droit. Si vous croyez en Dieu et en notre bonne Mère, pourquoi douteriez-vous qu'ils veuillent tous deux nous parler ? Croyez-moi, ma Mère, soyez plus confiante. » Elle finit ainsi par ébranler les esprits les plus sceptiques, mais Séraphine ne se préoccupe d'aucune réponse : elle s'attèle de nouveau à sa toile et plus personne alors n'existe… Elle parle de l'inspiration comme une grande romantique du siècle passé. Elle croit aux esprits morts qui parlent de leurs limbes, elle croit à ces dialogues avec les anges : « Pourquoi n'y croirais-je pas, puisque je les entends ? » répond-elle à ceux qui doutent. Elle a la volonté très ferme de conduire une mission : non seulement envers la religion catholique mais aussi envers la morale. Les errements ivres des spahis rentrant à leur caserne après une soirée dans des maisons closes, l'incitent à mener croisade. Quand ils passent, en pleine nuit, devant sa fenêtre et qu'ils chantent des chansons paillardes, elle ouvre toutes grandes ses fenêtres, et munie d'une statuette de la Vierge Marie, qu'elle a peinturlurée de couleurs vives, elle la brandit et chante des psaumes pour conjurer les chants blasphématoires ! Les spahis algériens savent ses saintes colères et s'en amusent ; cela devient un jeu et ils ne manquent pas de reprendre le même itinéraire pour faire enrager la pauvre Séraphine…

Sa santé physique s'altère lentement. Elle n'a de forces que pour peindre, comme si peindre était l'aliment dévorateur de son corps, et à la fois la source de sa survie. Elle a besoin de ces flux violents qui la parcourent, qui l'anéantissent quand vient l'aube et qu'elle a passé la nuit à faire son travail d'orfèvre médiéval.

Elle ne se plaint guère de ses rhumatismes bien qu'ils la fassent souffrir, ses doigts deviennent plus crochus, moins souples, quelquefois elle ne peut sortir son pouce de sa palette tant il est tétanisé par les longues heures à peindre. Elle se plaint souvent de l'assaut des voix intérieures. Mais elles sont parfois compensées par de vraies grâces : des chants d'oiseaux, des bruits de vent dans les branches… Elle dit alors que c'est le concert des anges qui commence… Mais la plupart du temps, le grouillement des voix inconnues l'assaille et la terrorise. Elle dit qu'elle mourra d'un transport au cerveau tant il y a du « boucan » là-dedans ! La surprise de la peinture est cependant si vaste, si merveilleuse qu'elle ne fait rien pour la faire cesser. De toute manière, l'histoire est trop avancée pour reculer. Elle voit moins souvent qu'auparavant Uhde, comme s'il était lassé de ses extravagances, se contentant de communiquer avec elle par le biais de sa sœur et par les livreurs qui viennent chercher les toiles qui font l'admiration des surréalistes, particulièrement d'André Breton, ébloui par ces bouquets charriés de l'imaginaire d'une vieille femme inculte. Sa peinture, explique-t-il, est la preuve vivante, surréelle, de ses théories sur l'inconscient, sur le dessin automatique. Séraphine semble dépasser tous ceux qui s'essaient aux dessins inconscients : d'où ramène-t-elle cet album luxuriant ? De quel paradis ? De quel enfer ?

15

Plus la pression de son imaginaire s'exerce sur son esprit, plus sa peinture s'intensifie, se densifie, vibre de violences à peine contenues, s'irradie de couleurs ardentes, comme des braises. La mystique qui l'agite constamment est sans cesse tournée vers Dieu mais elle ne parvient pas toujours à l'atteindre ou même à lui parler, comme contrariée par les violences de ses fantasmes et des images qui l'accablent qui, tous, ne viennent pas à coup sûr du paradis. Uhde veut croire à l'album chrétien emprunté bien souvent au langage simplifié des vitraux, mais Séraphine n'est pas seulement cantonnée là. Bien au contraire, sa peinture recueille à son insu même d'autres clameurs, d'autres puissances psychiques qu'elle ne peut pas contrôler. « Ces fruits, dit Uhde, sont en vérité l'image de Dieu, le génie de sa cathédrale dont le tintement des cloches s'est par miracle mué en couleurs… Ces arbres, tels qu'il n'en a jamais existé et qu'il n'en existera jamais, nous les voyons vivre comme vivrait un être humain. Et il arrive que ces tableaux aux coloris puissants d'anciens vitraux absorbent complètement nos journées et ravissent à nos nuits le sommeil. »

Les couleurs de Séraphine empruntent en effet à l'art des vitraux : le rouge violet, le pourpre, le vert émeraude, les bleus intenses ont les mêmes éclats que ceux des verrières médiévales. Mais ils ont aussi le mystère ambivalent des clairs-obscurs, des rougeoiements de Gustave Moreau ou des coulées de couleurs venues du plus loin d'une préhistoire rapportée par Van Gogh duquel elle se rapprocherait le plus. Uhde place toujours Séraphine dans le camp des chœurs séraphiques, du côté de Dieu, quand souvent elle va vers des zones inconnues et dont le chatoiement incandescent ressemble à des fêtes orgiaques, à la débauche des couleurs d'un Orient lubrique qu'aurait aimé peindre le Delacroix de Sardanapale. Ainsi, quand elle accomplit l'extravagant tableau intitulé *La Séraphine rouge*, entre 1929 et 1930, elle donne à voir non pas ce que Uhde décrit ainsi : « Couleurs réfractées (qui) se fondent en un harmonieux chœur de joie... » L'œuvre de Séraphine devient ainsi « le cantique de Salomon ». Mais bien plus encore un chant bruissant de désirs inavoués et inaccomplis, un remuement de violences intérieures, un bouquet de flammes qui s'épanouit en une fébrilité sauvage jaillie hors du sol... Les feuilles-plumes sont enfantées dans la terre-mère, elles sont déjà accomplies, déjà surornées de perles noires et blanches, ourlées de pierres précieuses, elles s'affolent dans leur gestation épanouie, et réclament de sortir, ce qu'elles font en un brasier aux flammes tourbillonnantes : incendie qui répond aux attentes et aux frustrations de Séraphine, et qui ne peuvent s'exprimer que dans le feu.

Dans les années qui vont précéder immédiatement sa crise de démence qui justifiera son internement, Séraphine réalise des chefs-d'œuvre dont le motif principal sera des arbres : arbres de vie à la manière de ceux qui, symboliques, attestent de l'imaginaire persan ou arabe, et qu'elle n'aura jamais vus, pas même sur ces foulards de cachemire, dont s'enveloppent à l'époque les femmes de la bonne société. Les arbres, croisés et caressés dans les forêts domaniales de Chantilly, de Senlis ou de Fontainebleau, sont donc le motif principal et tutélaire de son imaginaire.

L'Arbre de vie, peint entre 1928 et 1930, est certainement le plus abouti de ces arbres, tous penchés, prêts à se rompre, comme s'ils portaient des fruits et des feuilles trop lourds pour leurs branches, et qu'elle les saisissait avant qu'ils ne s'écroulent, dans ce moment encore glorieux de leur fécondité et de leur beauté exubérante. Comme si elle-même, pressentant son délire et la submersion de ce délire, se comparait à un de ces troncs penchés, trop alourdis par le poids de leurs fruits. Il est certes probable que Séraphine a lu ou vu des passages de l'arbre de Jessé dans la Bible ou sur un vitrail, qu'elle en connaît peut-être même la symbolique : « Un rameau sortira de la tige de Jessé et de sa racine montera une fleur et l'esprit du Seigneur se reposera sur lui. » Sûrement, forte de cet enseignement, a-t-elle voulu représenter un arbre de vie comparable qui donne naissance à une telle branche et à une telle fleur sur laquelle Dieu viendrait se reposer. Il y a aussi le mythe du buisson ardent dont elle a dû entendre le récit au cours de ses fréquentes visites à l'église, lors d'un sermon, et voir la représentation dans l'iconographie religieuse et populaire d'alors.

L'arbre, selon Séraphine, adopte tous les motifs de sa symbolique, répertoriée à travers tous les âges et toutes les civilisations : il est la Croix, portée par le Christ à travers les rues de Jérusalem, et la Croix est courbée, l'arbre est la vie venue du tréfonds de la terre, il a surgi d'une longue et obscure germination, il est le symbole de la vie obscure et secrète, grouillante, et cette vie se prolonge dans l'éclosion des rameaux et des feuilles, dans la liberté des fruits enfin apparus qui retombent comme autant de bienfaits sur la terre. Pour cela, l'arbre est mère s'il est aussi, par le tronc, père phallique. La grâce des fleurs l'atteste, qui retombent comme autant de fontaines sur la terre, comme du lait que distribuerait la Grande Mère généreuse. Et Séraphine se retrouve inconsciemment dans cette création nouvelle, dans cette germination exemplaire, dans cette maternité douloureuse et quelquefois bienfaitrice comme peut l'être par exemple *L'Arbre du Paradis*. Mais même au cœur de cette luxuriance généreuse, il y a un œil qui veille, tragique et menaçant, caché dans une feuille et qui, ourlé de longs cils, semble surveiller le spectateur, le remplit s'un certain effroi. Jamais, chez Séraphine, les arbres ne connaissent la paix des vergers. Au contraire, ils réverbèrent toujours l'angoisse et la nuit, le gibet et la chute, la richesse des fleurs comme des bijoux laisse présager une punition fatale, elle est le signe de la vanité éternelle des hommes et c'est elle qui précipitera peut-être leur mort.

Séraphine le sait bien : la peinture n'est pas un art de paix ou une vision de bonheur. Elle est la transcription nocturne d'une douleur et d'un secret d'âme : en ce sens elle est bien la petite sœur d'infortune de Van Gogh auquel avec justesse Uhde la rattache souvent. Entre les deux peintres, il y a la même exploitation du réel pour le subvertir, le même emprunt du paysage ou de la nature ambiante pour mieux la transformer, pour l'entraîner dans des mondes parallèles. Ainsi en va-t-il de la vision du Rhône chez Van Gogh, des nuits étoilées d'Arles, des tournesols, devenus de vraies roues tournoyantes en un rythme halluciné, des champs de blés s'exaltant en épis enflammés. L'arbre, chez Séraphine, est tiré de son secret d'âme, il provient d'une genèse indicible, d'un territoire inexploré, d'une espèce dont elle seule a ramené la bouture. Elle le dit souvent d'ailleurs en ses termes simplistes : « C'est que je viens de loin, monsieur Uhde, de très loin. Il faut que je les déterre doucement, que je fasse attention aux jeunes pousses, si vous saviez où ils sont, c'est si beau là-bas, si beau. » Uhde prend alors des airs étonnés : « Mais où, Séraphine, où ? » « Ah, dit-elle d'un air entendu, mi-moqueur mi-sérieux, si je le savais moi-même, mais j'y vais quand même, c'est mon ange qui me guide… »

Souvent encore, elle parle de ses arbres comme de ses enfants, ceux qu'elle n'aura jamais eus et dont elle déplore l'absence. Revient alors Cyrille qui l'a abandonnée, elle ne se lamente pas de son absence, elle lui parle seulement, lui dit qu'elle a remplacé les enfants par ses arbres, ses fleurs. Elle peint une corbeille de fruits, de petites pommes qui pourraient aussi bien être de grosses cerises ou des nèfles ou des coings charnus, cinq traits horizontaux arrondis pour simuler la corbeille et l'efflorescence des feuilles et des fruits, débordant du panier : « Ils sont là, mes enfants, s'écrie-t-elle, regardez comme ils sont beaux, comme ils sont tendres. »

Mais lentement, au fil des saisons, entre 1929 et 1930, sa peinture s'habille de couleurs sombres et crépusculaires. C'est toute la nuit de Séraphine qui tombe sur elle. Finies, les grandes marguerites échevelées, comme des hosties offertes aux fidèles, finis les grands bouquets d'automne où s'affiche encore la gloire rousse de l'été finissant. *L'Arbre du Paradis* devient *L'Arbre rouge*, aux couleurs délétères, le sol, spongieux, recueille des feuilles mortes aux couleurs d'un linceul, feuilles informes et mortifiées semblables à celles qui se délitent dans le cœur de l'arbre, tandis que celles de la périphérie continuent d'arborer leur incandescence. L'asymétrie des motifs indique assurément que l'ordre et l'harmonie universels sont désormais rompus. Quelque chose est en train de se briser et de s'enfuir, de s'échapper d'elle-même qui n'a plus de limites ni de frein.

L'arbre est bien le motif majeur de Séraphine auquel elle ajoute des fleurs, comme une parure que le temps de toute façon flétrira. Le tronc de l'arbre est alors chancelant, brun et ruiné. Il est l'image de ce qui reste d'elle. Une femme rompue, brisée, asséchée. L'arbre était pour elle le signe de l'origine à laquelle elle voulait toujours se relier. Un idéal originel qu'elle voulait rejoindre, dont elle forçait le cours, et vers lequel elle s'obstinait, toute tendue jusqu'au danger. Cette prise de risque permanente, Uhde la constate et ne la combat pourtant pas, certain que de la prémunir d'elle-même ne sert à rien, car nul n'est plus obstiné que Séraphine, paysanne têtue qui n'en veut faire qu'à sa tête. « Parce que, voyez-vous, monsieur Uhde, si je n'écoutais pas mes voix, elles se tairaient à jamais, elles me puniraient, elles ne me pardonneraient pas ma négligence et mon indifférence. Je suis obligée, monsieur Uhde, obligée. » Alors Uhde laisse faire. Rien ne lui est plus émouvant que de voir cette race d'artistes à leur tâche, liés comme des saints ou des esclaves à leur tyrannie. Il aime pour cela plus encore que le Douanier Rousseau, Vivin, Bauchant, Bombois : tous des illuminés de la vie, des maniaques dotés de forces sensuelles extrêmement puissantes comme Séraphine l'est de forces surnaturelles et spirituelles inouïes.

La vieille fée de Senlis ne croit qu'en son pinceau, son outil de connaissance, qu'à cette baguette incroyable qui va la faire entrer de plain-pied avec l'inconnu, et qui va douer la nature passagère de métaux rares. L'or et la perle sont les buts de son alchimie. Sauver la nature périssable, la défaire du grand dessein mortel, la sertir d'or et de pierres précieuses pour que tout soit reliquaire sublime, enchâssé dans l'incorruptible, apte à traverser les siècles, à vaincre le temps.

16

Nul ne sait comment Séraphine peint et prépare ses toiles. Comment elle mélange ses pigments à la pâte, dilue ses couleurs, quels sont ses secrets d'atelier. Toutes portes closes et cadenassées, tous rideaux tirés, elle est dans sa cellule, à l'abri de tous les regards, comme si elle voulait par là se venger de celles qui lui ont refusé la cellule du couvent.

Elle peint et elle prie, elle peint et elle chante. Elle peint aussi dans une ignorance technique absolue, se fiant seulement à son instinct, à ce que lui dicte à voix basse, prétend-elle, son ange. Elle dit qu'elle n'est jamais seule, toute offerte comme dans un acte baptismal aux forces qui l'envahissent, aux puissances surnaturelles. Elle ne fait le tri de rien, « enfer ou ciel, qu'importe », comme dirait Baudelaire, mais plonger, oui, « au fond du gouffre… Au fond de l'inconnu pour trouver du nouveau ! ». Du neuf, de l'inédit, c'est ce qu'elle réclame. Elle ne veut pas de ces peintures d'amateur, elle ne se considère pas comme telle, elle est, dit-elle « une artiste qui sait ». Quand Uhde lui demande : « Qui sait quoi ? » Elle répond, énigmatique : « Qui sait. » L'intransitivité du mode verbal lui convient. Elle sait l'univers, les secrets de la création, des choses lointaines qu'elle met sur sa toile. La lampe à huile toujours allumée est l'étoile, le phare qui mène au grand secret. Elle tient à ce qu'elle soit allumée, comme une présence à laquelle elle s'adresse et qui lui répond car elle ne doute pas d'être élue de Dieu, puisqu'elle est « sans rivâle ». Cette identité qu'elle s'attribue n'est pas autoproclamée sous l'effet d'une quelconque vanité, mais au contraire énoncée dans l'innocence absolue, parce qu'elle est simplement vérité, évidence lumineuse.

C'est là, dans ce contexte cellulaire qu'elle entreprend le travail. Qu'elle ouvre la grotte miraculeuse et que le tableau, comme une apparition, va surgir. Uhde qui s'intéresse de très près à ses méthodes, essaie d'en savoir davantage, mais comment le pourrait-il, se heurtant toujours à son obstiné et facétieux silence ? Il est donc obligé de se contenter du résultat.

Elle l'inquiète cependant malgré l'éblouissement, et en dépit de la beauté singulière de sa découverte. Car s'il achète toutes les toiles de Séraphine pour les revendre et en conserver certaines dans son musée personnel, il voudrait savoir cependant si la matière picturale est solide, si l'œuvre pourra se conserver. Or les rares informations que daigne lui dire Séraphine ne sont pas pour le rassurer. Ne lui confie-t-elle pas qu'elle affectionne les mélanges, les boues, les terres, les mousses, les peintures de bâtiment, et même le sang, le sien, comme signe ultime de son martyre ? Comment tous ces ingrédients rassemblés vont-ils traverser le temps ? Comme Séraphine ne lui dit rien, il est bien obligé d'accepter son mutisme et devant la beauté infinie et gothique de son œuvre, il se résout à l'accepter telle qu'elle est. De fait, l'œuvre de Séraphine est unique en son genre. La matière picturale tient encore aujourd'hui, plus d'un demi-siècle après avoir été posée sur la toile, les pigments ne s'altèrent pas, les mélanges gardent leur profondeur et leur relief, rien ne s'effrite et tout garde cet éclat presque laqué des émaux gothiques de la grande période des ateliers limousins. Le rouge particulièrement intrigue Uhde tant il conserve des réverbérations, des moirures jamais vues, comme s'il était animé d'un obscur incendie, qui couverait... Séraphine s'amuse de ces inquiétudes et de ces questionnements dignes d'un directeur de galerie...

Elle ajoute au mystère en déclarant avec force détails que sa peinture procède bien d'un miracle. Le délire mystique s'appuiera sur cette certitude et trouvera en elle toutes ses fondations. Elle ne connaît pas les merveilles de l'art byzantin ni les chapelles de rite oriental ni les iconostases, ces paravents recouverts d'ors et d'icônes qui séparent les fidèles du mystère qui se joue sur l'autel. Mais il en va de même, dans l'ignorance simplette de Séraphine. Elle est le prêtre, le pope qui, dérobé à la vue des fidèles, rejoint le secret du mystère. Personne ne peut la rejoindre là, pas même son bienfaiteur, pas même la mère supérieure du couvent. C'est d'un tel face-à-face que naissent les toiles. L'obéissance et la fidélité, le silence et la louange, tels sont les critères de l'exercice. Il n'y en a pas d'autres. Elle se les impose sans savoir qu'ils sont ceux de tous les artistes illuminés et mystiques. Elle sent bien que sa main, en tant que telle, n'est pour rien dans cette étrange aventure, qu'elle n'est que l'instrument. « Ce n'est pas ma volonté », dit-elle à Uhde...

Mais peu à peu l'immersion dans le mystère universel, cosmique, s'étend au risque de la déborder. Au début, les toiles montraient des fleurs et des feuilles qui étaient serties d'un cerne noir qui représentait encore et délimitait. Au fur et à mesure qu'elle progresse dans la connaissance hermétique, elle élimine les traits noirs, et les fleurs et les feuilles se fondent dans un magma halluciné et incandescent qui rejoint une forme très stricte de l'abstraction. Le mélange est si profond que la matière qu'il va former ressemble à un limon originel, à une nature mystérieuse. Les grands bouquets sont des viviers immenses de chenilles travesties en bijoux, des fleurs-lyres, des fleurs-yeux, des fleurs-fruits, qui révèlent une nouvelle espèce, des mondes mutants. Mais tout s'improvise, tout se fait dans l'instant. Il n'y a pas de méthode, pas de ligne préparatrice, pas de projet pictural : seulement ce moment de la peinture où elle doit se livrer à l'invisible et y obéir. Elle utilise dans les dernières œuvres des siccatifs, use beaucoup de glacis, les ayant découverts un peu tardivement, mais elle veut bien admettre qu'ils procurent cette opacité, cette densité qui sont si repérables dans les fruits. Et soudain, la pomme, le citron ressemblent à ceux de Cézanne, et plus classiquement encore à ceux de Chardin…

Rien n'est plus éloigné d'elle que ce qu'on appelle « la nature morte » puisque ici tout bouge et tout vibre, ne laisse jamais l'œil se reposer, entraîné qu'il est dans un parcours mouvant qui ne suppose aucun repos. La nature est au contraire vive. Écorchée vive plutôt. Rares sont les compositions apaisées, tant la tourmente intérieure la travaille et la comble tout à la fois. Car il ne faut pas oublier toute la dimension jouissive qui s'empare de l'instant où elle peint. Elle-même en fera référence dans son délire psychiatrique. Seulement là, d'ailleurs, comme si le voile pouvait en cet endroit se lever et qu'il eût été blasphématoire de le lever pendant l'acte révérentiel qu'est celui de l'instant créatif.

Il se joue dans sa chambre une sorte d'eucharistie dont le mystère, digne d'une transsubstantation, doit rester entier comme ce qu'elle imagine du rite de la communion. Ici le pain et le vin sont transformés en matériaux aux mélanges restés mystérieux, Ripolin, laque, sang, terre et qui, rassemblés dans une proportion tenue secrète, font néanmoins accéder à l'or. Uhde le confirme : « Elle n'utilise aucune des matières et des multiples couleurs que je lui envoie, et y mêle de la laque. Le mystère de cette composition reste un secret qu'elle ne confie à personne. Comme elle n'aime pas à être surprise à peindre, l'accès de son logement est rendu difficile par un système compliqué de chaînes de sûreté et dès le bas de l'escalier, on trouve une pancarte ainsi libellée : "Mademoiselle Séraphine ne reçoit pas." »

La technique de Séraphine est cependant extrêmement savante. Elle n'a rien appris, n'a subi aucune initiation particulière, et elle sait. Ainsi, à la différence des naïfs, dont la lumière, toujours égale, uniformise le tableau, elle joue avec des effets dégradés de lumière, plaçant ses bouquets dans des climats et des saisons multiples, ménageant des zones inconnues, prêtes à accueillir d'autres éclats, privilégiant des parties obscures pour rendre plus inquiétant le tableau, jugé à ce moment précis du travail trop accueillant, éclairant par intermittences les feuillages. De sorte que ses grandes compositions rassemblent des temps différents où se mêlent bien sûr la luminosité des différentes saisons mais aussi et surtout les états d'âme.

« L'étrange inquiétude » freudienne est là, tapie dans un coin du tableau, tandis que certains autres buissons de fleurs sont glorifiés dans leur splendeur, dans la grâce ultime qui précède leur ruine. En ce sens, et sans le savoir, elle rejoint les derniers grands romantiques, de Baudelaire à Rimbaud, par la violence de leur idéal, par le jeu des correspondances qui font se répondre les parfums, les couleurs et les sons. La couleur est le souffle de la composition, elle insuffle la toile, elle la gonfle comme en ces endroits surlaqués, à la manière des maîtres émailleurs du Moyen Âge qui travaillaient en Limousin, ou encore à la manière de Rouault, cernant chaque fleur, chaque feuille d'un trait puissant qui contient la couleur recouverte de glacis superposés lui donnant ainsi cette facture émaillée.

Elle peint sans se répéter, sans faire cependant « du Séraphine ». Elle a cette conviction que chaque toile l'entraîne dans une aventure spirituelle et religieuse nouvelle, qu'elle avance, comme dit l'Évangile, « en eau profonde », et qu'elle ne peut pas renoncer à ces profondeurs. Quand Uhde lui raconte le succès qu'elle a dans les milieux artistiques qu'elle fréquente, elle en sourit, non par modestie, mais par une sorte de satisfaction qui la comble pleinement. Elle lui dit cependant que tous ceux qui l'admirent ne savent pas forcément la portée de ce qu'elle peint. « Ce ne sont pas seulement des fleurs », a-t-elle coutume de dire, « pas seulement des arbres et des feuilles, mais bien autre chose. Quelque chose de la vie et de la mort », rajoute-t-elle mystérieusement. Uhde le sait bien, non seulement intuitivement, mais à la fréquenter, comprend quelque chose du sacré, lui qui est agnostique. Van Gogh et Séraphine le ramènent à des interrogations spirituelles, qui ne sont guère lisibles dans l'œuvre cubique d'alors de Picasso. Il entre avec eux dans un mystère obscur, illimité. Les cyprès enflammés de Van Gogh, peints dans sa fameuse *Route aux cyprès* sous un ciel étoilé sont de même nature, l'incendie intérieur du peintre se réverbère sur la toile, les cyprès comme des torches s'accrochent à la voûte céleste constellée d'étoiles et la rejoignent. De même, les bouquets embrasés de Séraphine, en atteignant le haut de la toile, ont besoin de dire cette souffrance qui a envie d'atteindre la limite la plus aiguë de l'être.

Elle est dans une telle hâte de l'atteindre, qu'elle prépare plusieurs grandes toiles afin d'être prête à obéir aux injonctions de son « inspiration ». Les jours où elle fait les fonds, comme elle dit, une certaine allégresse règne dans la chambre. Pour une fois, ne se joue pas le mystère sacré qui souvent l'effraie ou la plonge dans une béatitude dont elle du mal à revenir. C'est un temps artisanal, où la nuit n'a pas besoin de se faire, elle ouvre grandes les fenêtres, et elle badigeonne à grands coups de pinceaux les toiles vierges. Elle compare ces jours-là à ceux des grands ménages qu'elle faisait autrefois, ménage de Pâques et ménage de Noël, toute la maison était alors investie par ses soins : grand branle-bas, mobilier ciré, cuivres rutilants, parquets entièrement poncés puis cirés de nouveau. Ces jours-là, Séraphine chantait à tue-tête chez ses maîtres, eux ne disaient rien parce qu'ils savaient que le travail était fait scrupuleusement et riaient même de ses fantaisies. Dans le puits de sa chambre, elle retrouve, les jours des « grands fonds », l'atmosphère joyeuse du temps passé… Car elle sait que les toiles ainsi préparées vont accueillir bientôt des bouquets immenses, offerts à Dieu. Elle ne redoute ni l'angoisse ni la solitude : elle n'est seulement que dans l'attente de l'éclosion. Dans l'état de voir apparaître…

17

Que s'est-il donc passé durant cette année 1931 pour que tout bascule dans le délire puis dans le silence ? Aucun écho n'est parvenu du côté des Uhde qui n'ont fait que constater la détérioration de l'état de santé de Séraphine, ses symptômes délirants s'accentuant. Une sourde inquiétude s'est certes emparée d'eux mais ni l'un ni l'autre ne lui ont conseillé de consulter un médecin ou de se ménager. À cette époque pourtant, Séraphine est vraiment en danger. Elle devient étrange et fantasque, elle est affligée de petites manies, de bizarreries qui amusent les voisins et les commerçants qu'elle a coutume de rencontrer. On parle de « folie », mais les manifestations amusent plutôt qu'elles n'inquiètent. Tant qu'elle n'est pas dangereuse, a-t-on coutume de dire…

Elle se dit cependant abandonnée de tous et même persécutée. La confiance qu'elle a toujours ressentie pour Uhde et sa sœur s'altère lentement. Comme les moyens financiers de Uhde se réduisent, du fait de la crise économique, de la récession et des spectres d'une nouvelle guerre, elle conclut aussitôt qu'il la délaisse et la quitte. Comment pourra-t-elle désormais acheter ses grandes toiles si Uhde ne les lui fait plus parvenir ? Qui paiera le matériel de couleurs ? Comment pourrait-elle même reprendre son ancien travail de domestique, elle qui l'a abandonné depuis plusieurs années et qu'elle n'a plus la force physique d'accomplir ? Et puis, sa réputation de peintre l'a aussi isolée et plus personne ne l'emploierait de nouveau à temps complet, les bourgeois de Senlis n'aimant pas ce type de vocation tardive...

Elle ne croit plus guère à son œuvre : vaut-elle la peine de poursuivre un tel labeur ? Et puis, dit-elle, les voix l'abandonnent, l'inspiration n'est plus aussi pressante, impérieuse et souveraine.

Peu à peu le délire commence à empirer. Ce qu'elle conservait à l'intérieur de sa « cellule », est maintenant affiché au grand jour. Il n'est plus rare de la rencontrer, interpellant les passants, prédisant au coin des rues, bougonnant, et toujours ce même discours mystique, où il est question de mourir à soi-même, d'espérer la mort pour atteindre la lumière, d'expier les péchés des autres... Comme elle devient gênante, on l'évite, les gens de Senlis changent de trottoir quand ils l'aperçoivent en proie à ses grands sermons. Elle parle à mi-voix puis la voix éclate pour laisser passer une menace, une prédication agressive. Elle prétend que ses voix lui auraient fait confidence d'une révolution imminente qui ne pourrait être conjurée que par la prière et l'abandon de ses biens. Les passants rient gauchement et les enfants la plaisantent, certains pensent que c'est une « pocharde », qu'elle a, disent-ils, « un coup dans l'aile, la pauvre Séraphine… ».

Elle n'éprouve plus ce désir latent et terrible qui la conduisait, il y a peu encore, dans sa chambre, la forçait d'être à genoux, et l'obligeait à peindre, à ne faire que cela : peindre et après encore, peindre une autre toile, jusqu'à la fin de son existence. Elle est depuis peu dans une sorte de disponibilité à elle-même qui ne trouve plus de dérivatif dans l'exercice de la peinture. Elle est libre de ne plus peindre, pense-t-elle, mais à quoi bon cette liberté puisqu'elle la laisse à elle-même, à ce vide qu'elle éprouve et que seule la peinture remplissait ? Des flux constants de parole, une logorrhée inépuisable ont pris possession de son pauvre esprit. Les mots serrent sa tête, lui donnent des migraines horribles, seules la marche, l'errance dans la ville et dans les champs la calment. Elle s'y rend malgré elle, arpente les ruelles, les talus, laisse échapper des cris, des souffles forts, des éructations qui la soulagent un peu. Elle devient méfiante, quand elle croise un regard, elle croit qu'on lui en veut, alors elle se met à injurier le passant qu'elle a croisé, lui demande pourquoi il la regarde ainsi. À ceux qui ont quelque compassion pour elle et qui l'ont connue dans ses bons jours, elle adresse aussi des malédictions, les renvoie à l'enfer des flammes ; puisqu'ils ne prient pas, dit-elle, « Dieu ne veut pas de gens comme vous… ».

A-t-elle peur d'elle-même ? Elle évite de se regarder dans une glace, une vitrine, passe son chemin, donnant toujours l'impression d'une hâte, d'un rendez-vous urgent, on dit : « Tiens, Séraphine a à faire. Elle presse le pas… » Mais en réalité, elle ne va nulle part, elle se sent livrée à sa déroute, à son abandon, elle va où son esprit malade la mène. Uhde a appris le délabrement de son état. Il ne lui rend cependant pas visite, comme s'il en avait peur.

Elle ne peint presque plus. Elle ne trouve plus aucun réel plaisir ni aucune raison de poursuivre la tâche. Le tableau qui sera le dernier de son œuvre picturale, et dont elle saura intuitivement qu'il sera le dernier représente une composition de feuillages dont la douceur est extrême et contraste avec la douleur dans laquelle elle l'a peinte. C'est comme si l'obscurité tragique s'était dissipée et qu'elle laissait place soudain à un état de grâce, à une douceur presque irréelle. Elle s'applique comme une enfant donnant à la toile une clarté, une lumière qui tranche avec sa propre nuit. Elle place sa toile encore fraîche dans la remise où elle entrepose tous ses trésors, ceux qui serviront à son « trousseau » lorsqu'elle se mariera, dit-elle. Retourne la toile contre le mur et referme la pièce en soupente, avec la collection de cadenas qu'elle a achetée. Dernière œuvre, dernier cri d'amour. Dernier lien avec la vie présente.

Séraphine dès cet instant entre dans sa Passion. Ne brûlent plus que les brasiers de son désordre intérieur, les feux qui se sont allumés, inextinguibles, qu'elle seule devra subir.

Toute l'imagerie religieuse, farouche et guerrière, celle de l'Ancien Testament et des légendes de saints dont elle s'est nourrie au couvent, toutes ces hagiographies dorées où les saints échappent aux calamités et aux désastres naturels infligés par un Dieu plein de courroux contre la méchanceté des hommes, affleurent à sa mémoire. Elle est dans la profération plus que dans la louange. Il n'est plus question, dans ces grandes diatribes, que de malheurs qui vont s'abattre sur la terre, de menaces vengeresses, dont quelques élus seront épargnés.

Elle passe la période des fêtes de fin d'année 1930 dans le plus grand dénuement moral. Elle ne reçoit plus personne, pas même Anne-Marie Uhde qui vient prendre de ses nouvelles. Senlis est recroquevillée sur elle-même, la topographie de la ville s'y prête, il fait un froid dur, le gris des toits d'ardoises renforce cette impression de solitude et de silence. À l'intérieur de la « cellule », le froid est aussi intense. La pièce est encombrée d'objets de toutes sortes et le mobilier peint et repeint par Séraphine ajoute à l'atmosphère d'étrangeté. La répétition des fleurs peintes partout sature la pièce et pour la première fois, Séraphine semble étouffer. Elle dit qu'elle ne peut plus supporter cette pièce, que tout est vain et dérisoire. Que plus rien ne compte puisque plus personne ne l'aide à parfaire son œuvre. L'absence des Uhde dans cet instant est capitale. Elle n'a plus personne à qui parler, se confier, au contraire on la fuit. De l'extravagante et de l'originale Séraphine, on parle désormais de « la folle Séraphine ». Elle le sait bien, ne cherche pas à rectifier la rumeur, c'est comme un flux qui va au fleuve, sans résister.

Elle ignore cependant que la gendarmerie enquête sur son comportement. Des plaintes sont déposées contre elle, on déplore les rumeurs qu'elle propage, ses diffamations, ses excentricités. Le commissaire de police note patiemment les plaintes mais n'intervient pas, attendant une crise plus explicite, plus indéniable. Il observe néanmoins le caractère mystique de son délire, et sait que souvent les grandes délirantes utilisent ce vocabulaire emprunté aussi à celui des saints et qui, spontanément, affleure à leur langage…

La saturation des fleurs qui envahissent tout et même les murs vibre à son regard, lui donne le tournis. Elle presse ses mains sur ses oreilles parce qu'elle dit que des bruits violents cognent contre ses tempes. Elle décide ce jour du 31 janvier 1932 de ranger ses affaires, d'en faire des baluchons. Elle est très occupée. Va de sa chambre à sa remise, emballe les plus beaux objets, les couverts en argenterie, les vases, néglige le trousseau de linge, fait peu de cas de son piètre mobilier repeint qu'elle bouscule sans ménagement ; sur l'étagère, la Vierge de Lourdes en plâtre est éclairée par la bougie qu'elle a allumée en cet après-midi glacial et sombre. Des lueurs vacillantes l'éclairent et se projettent sur les marguerites, suspendues au mur, elle dit que tout ce mouvement lui fait peur, qu'elle veut la paix, « sa paix ».

Elle maugrée, elle marmonne, elle jure, elle chantonne, tout se bouscule et tout se confond en elle. Elle met une petite pèlerine de laine sur les épaules, elle prend quelques paquets bien ficelés à bout de bras, et elle descend l'escalier abrupt de sa petite maison. Dehors, il n'y a personne. Le froid cingle trop pour sortir par pareil temps. Elle aperçoit par les fenêtres des maisons, des familles réunies, des feux de cheminées qui doivent crépiter doucement, elle va cependant sûre d'elle, sûre de sa décision. L'a-t-elle vraiment décidée, cette résolution de se rendre au commissariat pour y déposer ses quelques affaires, qu'elle a soigneusement ficelées ? Elle marche en claudicant, bravant le froid. « Où va cette pauvre vieille ? » disent les rares passants qui la croisent. Mais elle n'entend rien, ne répond pas, se dirige vers son but. Elle y arrive, dépose ses affaires sur le trottoir. Elle se met à crier, à morigéner, à faire de grands gestes. Ce n'est plus qu'une pauvre femme prédicante, une sorcière des temps modernes ou une clocharde qui aurait bu plus que de raison, une folle délirante qui fait scandale dans la rue. On entend dans le froid dur de l'après-midi des cris et des menaces : « Éternité, donnez tout, attention à la colère de Dieu, soyez maudits si vous ne devenez pas pauvres… »

Les gendarmes arrivent, tentent de la calmer, mais elle ne veut rien entendre, se débat, crie qu'on lui veut du mal, la crise s'amplifie, il faut dépêcher un fourgon, prévenir en urgence l'asile psychiatrique de Clermont-de-l'Oise pour un internement d'office. Des passants qui connaissent Séraphine disent aux gendarmes que cela devait « finir » ainsi, depuis longtemps déjà elle laissait présager une telle crise. Séraphine est désormais prostrée. Elle regarde fixement le bout de la rue, ses yeux n'ont plus aucune expression. Elle est recroquevillée sur elle-même, assise sur un sac. Elle attend. Elle dit qu'il ne faut pas la toucher, qu'elle ne fera pas de scandale, qu'elle ne résistera pas, qu'elle ira où ils voudront. Le fourgon arrive. Elle y entre sans résister, comme elle l'a promis. En passant le seuil de la portière, il y a en elle comme un grand soulagement qui s'installe. Un abandon. Désormais, il n'y aura plus à se battre avec la vie, avec la peinture, avec la faim, croit-elle. C'est comme si elle se rendait aux autres, comme si elle disait : « Prenez-moi, faites de moi ce que vous voulez, je serai obéissante. » Il est cinq heures de l'après-midi. Les gendarmes ramassent les ballots de Séraphine, et les entreposent au commissariat. Le trottoir est de nouveau vide, sans encombre. Il fait très froid. La vie de Senlis reprend, coutumière et routinière. Les passants qui se hasardent sur le cours Thoré-Montmorency vont aux vêpres, il semble que rien ne se soit passé quelques instants auparavant, tout est rendu aux bienséances.

Le lendemain, la presse locale rend compte de l'incident : « Dimanche soir, vers dix-huit heures trente, les gendarmes déposaient au service des épaves du commissariat de police un certain nombre d'objets immobiliers dont l'inspection permit immédiatement de découvrir la provenance. Cette figure senlisienne légendaire, atteinte de débilité mentale, sera sans doute dirigée vers un asile de vieillards où tous les soins qui lui seront nécessaires lui seront prodigués. Car cette malheureuse devenait incapable de se diriger et de se conduire elle-même et de pourvoir à ses besoins vitaux les plus essentiels. » Ainsi s'exprime *Le Courrier de l'Oise*, jadis si peu enclin à la défendre...

Le camion, ce dimanche soir, ne va pas cependant à Clermont-de-l'Oise. Il emmène Séraphine à l'hôpital de Senlis où elle sera auscultée et où un diagnostic sera défini. Elle y restera près de trois semaines au bout desquelles elle sera internée à l'asile psychiatrique de Clermont-de-l'Oise, le 25 février 1932, précisément. Passé le porche de « l'asile des fous » comme on disait alors, plus personne ne parlera de Séraphine. Bien plus elle y sera ensevelie vivante, retirée de la carte des humains, décrétée même morte par Uhde, livrée à elle-même, à son mutisme comme à ses délires suppliants, oubliée de tous dans la guerre et enterrée à la fosse commune, puisque personne, jamais, ne réclamera son corps…

18

C'est donc à l'hôpital psychiatrique de Clermont-de-l'Oise que Séraphine restera dix ans, sans jamais plus toucher un pinceau, sans jamais souhaiter reprendre la peinture. Dix années d'oubli et d'ensevelissement, que la guerre effacera davantage encore. Le « cœur simple » n'existe plus, il n'a plus d'identité propre, il est rayé du monde des vivants, reclus dans un univers carcéral. Le malheur de toute sa vie va encore s'accroître par la démence, la guerre et le cancer.

Le 1er février, lendemain de sa crise, un rapport de police est dressé par le commissariat de Senlis. Il y est question d'une pauvre malheureuse qui a perdu la raison, déjà auteur de nombreux scandales et de quelques « fantaisies », pudique allusion à ses extravagances.

> *« Des renseignement recueillis, il résulte que : Mlle Louis est atteinte de troubles mentaux depuis plusieurs années.*
>
> *Hier 31 janvier, elle a été déposer au commissariat un certain nombre d'objets et d'effets mobiliers, notamment une peinture sur toile, 3 pliants, un drap, 3 paillassons,*

divers écrins contenant des cuillères, fourchettes, couteaux, etc. en métal argenté. L'agent Petit déclare que lors de son enquête, il a trouvé Mlle L. chez elle, dans un grand état de surexcitation, tenant des propos des plus incohérents, et des plus mystiques, déménageant son mobilier, pour le déposer sur la voie publique, disant ne plus vouloir prendre de nourriture et s'en aller à l'aventure. La malade a sollicité à maintes reprises notre intervention pour des crimes et des délits purement imaginaires. C'est une mystique, une persécutée et une illuminée prétendant avoir des visions de l'au-delà. Pendant une certaine période remontant à l'automne 1930, elle nous a fait savoir : 1. Que M. Coutard, commissaire de police, détenait chez lui une valise remplie de pièces d'or dérobées au cours d'une perquisition ; 2. que M. l'abbé A… avait commis un crime et a volé des objets de valeur à la cathédrale de Senlis ; 3. que M. D… archiprêtre de Senlis avait tué deux de ses enfants naturels ; 4. que de nombreuses personnes de la ville et des religieuses avaient tenté de l'empoisonner ; 5. que M. le capitaine de gendarmerie de Senlis était un grand voyant, perçant l'au-delà ; 6. qu'elle allait sous peu se marier avec un ange et que sa toilette de mariée était commandée chez M. D…

L'été dernier, il a pris fantaisie à cette personne, se croyant empoisonnée, de faire analyser ses excréments par M. le docteur B… à Senlis. Peu de temps après cette fantaisie, Mlle L. a envoyé sous enveloppe un billet de 1000 francs à M. et Mme B… »

L'affaire est donc entendue. Aucune circonstance atténuante ne vient adoucir le cas de Séraphine. Son état exige de la part de la société un internement et des soins qu'elle-même d'ailleurs réclame. Tout se passe désormais comme si Séraphine ne pouvait plus supporter la pression psychique et mentale qui lui est infligée. La submersion du délire est une délivrance. Elle accepte tout ce que cela peut entraîner, la fin de la peinture, la vie cellulaire, la solitude totale, mais elle entrevoit peut-être le refuge dans la folie, dans son univers, finalement plus rassurant que cet état de révolte et de violence dans lequel elle a pu peindre pendant de si longues années.

Le rapport de police l'accompagne dans sa nouvelle vie, pour l'heure à l'hôpital de Senlis. Elle entre dans un monde qui est à l'opposé du sien, si luxuriant, si coloré. Maintenant, ce n'est plus que blancheur immaculée. Celle des salles d'hôpital, celle des blouses des infirmiers et des médecins. Monde neutre et sans identité apparente, où le malade n'est plus qu'un numéro de lit installé dans un pavillon.

Étrangement, le flux de la folie la rend prostrée et indifférente à tout ce qui l'entoure. Elle ne parle presque plus, ne polémique pas, ne tergiverse pas. Assise sur sa chaise, elle attend. La peinture s'en est allée avec la même énergie qu'elle lui est apparue. L'ange gardien n'est plus interpellé : s'en souvient-elle même ? Elle est dans une chambre isolée, les médecins craignent une nouvelle crise de démence. La pièce est nue, le rare mobilier est fixé au sol. Des barreaux sont aux fenêtres. Elle est totalement seule. Elle attend. Le désespoir est muet, intériorisé, le cri est au fond de sa gorge, elle ne peut pas l'expulser, ses yeux dont on disait autrefois que leurs iris étaient « changeants d'un bleu-vert pailleté de jaune » ne présentent plus aucune expression intelligente.

Le 14 février, le docteur C. rédige son rapport. Il déclare :

« Hôpital de Senlis, le 14 février 1932.

Présente des troubles mentaux caractérisés par :

1. *des idées délirantes systématisées de persécution. Elle nous déclare qu'on a voulu l'empoisonner à plusieurs reprises et qu'elle a été obligée d'écrire à la gendarmerie pour dénoncer les personnes qui ont fait ces tentatives. À l'hôpital, les sœurs veulent l'empoisonner avec de la mort-aux-rats. Dieu également lui a fait voir qu'on avait empoisonné monseigneur l'archiprêtre.*
2. *des hallucinations psychosensorielles : elle "entend des voix", déclare-t-elle, mercredi dernier, elle a reconnu la voix de sa sœur qui lui conseillait de se marier spirituellement avec un jeune homme qu'elle a connu autrefois. La Sainte Vierge lui a dit que la révolution allait éclater et lui conseillait de partir en Espagne.*
3. *des troubles de la sensibilité profonde : "J'ai un mal intérieur qui me ronge dans le ventre, dit-elle, il faut que je boive du vin naturel pour calmer ce mal intérieur."*
4. *les réactions motrices de cette malade consistent dans l'envoi répété de lettres calomnieuses qu'elle envoie à la gendarmerie ou au commissaire, concernant plusieurs personnes de la ville. Elle se lève la nuit, fait continuellement du bruit nocturne, qui trouble ses voisins. Elle interpelle les prédicateurs pendant les services à la cathédrale. Elle a porté la nuit récemment des objets immobiliers devant le mur de la gendarmerie.*
5. *ces idées délirantes et troubles hallucinatoires sont greffés sur fond de débilité mentale accentuée. Il y a aggravation*

dans son état depuis deux ans. Cette malade est atteinte d'aliénation mentale (débilité mentale avec idées délirantes systématisées de persécution, hallucinations psychosensorielles motrices), elle est dangereuse pour elle-même et pour son entourage, il y a lieu de l'admettre dans un asile d'aliénés. »

Avant de l'envoyer à Clermont-de-l'Oise, l'asile psychiatrique le plus dense de la région (trois mille malades y résident), on continue d'étudier le cas de Séraphine, mais toutes les conclusions convergent : psychose hallucinatoire chronique. L'état de santé se dégrade à une vive allure. Séraphine se laisse emporter par le flux grossissant de sa psychose. Elle travaillait lentement mais à présent elle déborde comme une crue, elle engloutit tout sur son passage. Après le choc des premiers jours qui l'ont laissée dans un état quasi mutique, elle reprend sa logorrhée tragique et mystique. Elle devient peu à peu agressive, réclame de sortir, menace et prétend dénoncer des malfaiteurs, entraîne dans sa nuit toutes les figures qu'elle a croisées, particulièrement les prêtres de la cathédrale de Senlis. Elle les emporte dans un torrent d'injures et de calomnies auquel plus personne dans le personnel hospitalier ne prête attention. Les rapports s'accumulent et tous décrivent des comportements délétères :

« *psychose chronique avec idées de grandeur : elle est artiste peintre ; elle va partir en Espagne pour se marier avec un ancien capitaine – idées de persécution ; mort-aux-rats, poison, un notaire veut abuser d'elle – hallucinations auditives : entend la voix de sa sœur décédée, la voix de Dieu et celle de la Vierge – idées délirantes imaginatives avec appoint mystique – hallucinations visuelles – état actuel d'euphorie – délire évoluant depuis plusieurs années – désordre des actes – lettres de dénonciation, tapage nocturne, scandale à la cathédrale. Goitre. Pâleur du teint. À admettre.*

(signé : Dr Le Maux) »
(rapport du 26 février 1932)

Le rapport note tout ce qui peut intéresser le psychiatre de Clermont. Il met sur le même plan son état de peintre et ses délires, faisant penser que son activité géniale de peintre n'est qu'un fantasme, une illusion. Séraphine se débat cependant. De mutique, elle devient bruyante et bavarde. Elle ne cesse de délirer, de proférer des discours incantatoires et épiques, bien connus des rapports psychiatriques. L'hystérie la gagne, accompagnée d'une mégalomanie qui, chaque jour, enfle et se déploie. Elle est peintre, « sans rivâle », clame-t-elle dans les couloirs. Comme elle effraie, par ses cris et ses menaces, les autres patients, on l'isole, on la calme avec des médicaments puissants qui l'anéantissent, mais très vite, elle retrouve des forces en elle pour réaffirmer son délire, le faire admettre.

Le certificat de quinzaine du 15 mars 1932 précise :

« *Est atteinte de psychose hallucinatoire : entend des voix de sa sœur qui lui dit qu'un notaire lui jette des sorts (cette sœur est enterrée depuis longtemps) : entend également la voix de Dieu et de la Vierge. Préoccupations amoureuses – satisfaction – Euphorie – Fabulation – À maintenir.*

(Signé Dr.) »

Elle est enfin dirigée dès la fin du mois de février vers l'asile de Clermont-de-l'Oise. Le domaine est vaste et ressemble à un vrai village avec ses allées, ses pavillons, ses jardins, son lieu de culte, ses petites places. Tout autour, c'est encore la campagne, le paisible paysage de l'Oise, avec ses haies, ses champs et ses prés, ses bocages et ses futaies, des rivières sinueuses qui les traversent. Les alentours de Clermont ressemblent à ces paysages peints par Corot, doux et filtrés d'une lumière dorée. Séraphine les connaît bien, ces paysages, pour les avoir éprouvés durant sa jeunesse paysanne et lorsqu'elle s'octroyait entre deux grands tableaux de petites excursions en forêt.

1932-1942 : c'est là, dans cet espace clos de murs, que Séraphine vivra cependant. Sans rien réclamer d'autrefois, sans toiles ni pinceaux, sans même quelquefois faire allusion à ses fleurs, à M. Uhde.

Uhde justement. Que devient-il ? Il apprend assez vite l'internement de Séraphine. Il en est sincèrement désolé, mais sans compassion particulière, comme s'il s'attendait au désastre depuis longtemps déjà. Il ne lui rendra pas visite à Clermont. Il ne s'intéressera à elle que par correspondance, demandant de ses nouvelles au médecin, et cela pendant quelques mois, envoyant un peu d'argent pour qu'elle puisse acheter quelques bricoles au magasin : du savon, des friandises. Mais Séraphine n'en est plus à cela. Déjà engloutie par la psychose, elle ne veut rien, ne réclame rien…

Uhde finalement s'en satisfait. Se donne-t-il bonne conscience en demandant toutefois à ce qu'elle entre au pensionnat, c'est-à-dire un lieu de l'établissement réservé à des résidents plus fortunés et dont le quotidien est adouci par une vie plus régulière et plus préservée ? Toujours est-il qu'il va faire mourir Séraphine dès 1934, soit deux ans à peine après son hospitalisation, comme s'il voulait par là se délier d'elle. L'esthétisme de Uhde ne se plaît guère dans ces lieux de douleur. Il y a chez lui comme une fuite, une démission causée par sa sensibilité à fleur de peau, non pas une ingratitude au regard de tout ce que Séraphine lui a en fait confié, la quasi-totalité de son œuvre picturale, mais un refus d'aller au-devant du malheur et de la folie.

Ce qui étonne encore aujourd'hui, c'est que les rares relations de Séraphine n'aient jamais plus tenté de la retrouver, comme si l'internement avait, au sens propre du terme, joué le rôle de disparition du monde des vivants. Uhde, dont on connaît par ailleurs la délicatesse et la culture, sa sœur également, ne se sont donc jamais posé la question de ce qui est advenu de leur protégée. Avant la guerre, Uhde, qui fréquente toujours les salles des ventes, raconte qu'il découvre un tableau de Séraphine, à ses yeux, le dernier sûrement qu'elle ait dû réaliser. « C'est un délicat réseau, écrit-il, de feuillages de ton rose, vert clair, jaune et gris. Je le découvris un jour, tout couvert de poussière, dans un coin de la salle des ventes de Senlis. Nul habitant de la ville n'avait voulu se compromettre en poussant une enchère publique sur le tableau d'une vieille femme de ménage démente. »

Séraphine cependant vit toujours recluse dans l'impressionnant asile qui regroupe tous les aliénés du département. Elle est devenue si étrangère au monde qu'elle ne reconnaît plus personne, ne parle que pour proférer des menaces et des prédications apocalyptiques, poursuit un long discours intérieur où la peinture n'existe plus. Pourquoi alors Uhde s'intéresserait-il désormais à Séraphine ? L'œuvre qui court encore est maintenant le seul objet de sa quête.

Les deux premières années de son existence cellulaire, elle les passe à l'asile, c'est-à-dire dans ce lieu tragique où sont rassemblées toutes les personnes démentes et dont la plupart n'ont plus de famille. Abandonnées à elles-mêmes, elles errent dans leur détresse et leur solitude, à travers les longs couloirs, les salles communes, les parcs, livrées à leurs délires. Séraphine y séjourne plusieurs mois. Au début elle a dû subir, mais aucun rapport ne le précise, la cellule et la camisole de force, usage courant à l'époque.

La vie qu'elle y mène est régulière et vide de sens : réveil à six heures, petit déjeuner, toilette sommaire, déjeuner, promenade dans le parc, dîner, à six heures, distribution de médicaments trois fois par jour. Les après-midi se passent à arpenter les cours et les jardins. C'est une humanité livrée à son mystère : les femmes sont ici regroupées par carrés de cinquante, elles ne communiquent guère entre elles sinon pour s'agresser, rares sont les échanges, les petits gestes complices de compassion ou d'affection. Chacun vit sa souffrance recluse au fond de soi, comme un poing fermé. Séraphine est parmi elles, elle peut regarder les pelouses fixement, effeuiller un trèfle ou une herbe, rester ainsi pendant des heures. Elle aime cependant ces heures de plein air, à boire le vent, à voir passer les nuages, quelquefois à recevoir la pluie.

Une fois par semaine, elle se rend aux douches, par roulement de cinq à dix malades. Les malades qui le peuvent sont employés aux travaux du potager. Ils bêchent, piochent, ratissent, soignent leurs plants, cueillent les fruits et les légumes qui servent aux repas.

Séraphine ne se plaint pas pour le moment de la nourriture, de toute façon, elle l'a tant négligée durant sa période créatrice qu'elle n'en fait guère cas. Il y a des ateliers de peinture, mais étrangement elle n'y participe pas, c'est presque une aversion intolérable qui la saisit lorsque, sachant ses anciennes activités, on lui propose ardemment de s'y rendre. Elle ne veut plus avoir affaire avec la peinture, de près ou de loin. Elle l'a comme rayée de son imaginaire.

Une année après son admission à l'asile, une protection qui veut rester anonyme, sans doute Wilhelm Uhde, envoie donc régulièrement de l'argent pour qu'elle soit admise au pensionnat. Le train de vie de celles et ceux qui y sont admis est nettement plus élevé. Ce ne sont plus des salles communes immenses, des réfectoires bruyants et délirants, elle obtient une chambre personnelle, les déjeuners se font en salle à manger, la vaisselle n'est plus en fer-blanc mais en faïence. Le jardin est agréable et vaste, les pensionnaires s'y promènent en toute liberté, il y a des activités de couture, de dessin, de lecture. L'ordre est si régulier qu'il rassure les malades. Ils attendent ainsi rituellement les visites des médecins qui, sans ciller, rapportent leurs observations quotidiennes. Les malades ne sont pas seulement observés à titre psychiatrique mais on les ausculte, on soigne les maladies qui peuvent se développer. Séraphine aime finalement cette vie lisse et sans fêtes, sans événements extérieurs. Trop d'accrocs dans sa vie la laissent désemparée, livrée à ses monstres intérieurs. Lentement, après la phase d'adaptation au pensionnat, ils vont croître et envahir son imagination. Les infirmiers notent, rapportent ses moindres faits et gestes, tout le travail que font les monstres à l'intérieur d'elle-même et qui demande à s'échapper…

Elle ne veut donc pas entendre parler de peinture, elle repousse tout ce qui la concerne, pinceau, feuille de papier, toile… Elle dit que tout cela s'est « désormais perdu dans la nuit ». Personne n'insiste. Mais personne ne sait vraiment ce dont elle a été capable : ses efflorescences protubérantes, ses bouquets de dahlias lacérés, ses marguerites qui tournent comme des toupies. Tout ce qui était sa propre pathologie et qui s'exprimait là, pour dire les tourbillons dans lesquels sa folie l'entraînait, ses déchirures, ses incohérences. Quelquefois elle interpelle ses anges. Quand elle s'en souvient, elle les réclame, leur demande pourquoi ils l'ont abandonnée, « où êtes-vous ? » dit-elle, on la regarde avec commisération, on la laisse faire… Tout se perd dans la cour du pensionnat, se dilue dans le grand souffle des délirantes, ses seules compagnes.

Puis vient un jour où elle réclame enfin du papier. On lui en donne bien volontiers, pensant qu'elle va dessiner, tracer quelques traits, composer un bouquet comparable à ceux dont elle se vante mais que personne ici n'a encore vus, pas même ceux reproduits dans un article de journal. Mais elle demande du papier pour écrire. Sa main trace sur la feuille blanche, elle court, et recouvre tout.

Elle devient graphomane, dans une horreur totale du vide, comme elle le faisait avec ses compositions florales. Rien ne doit être laissé au vertige du vide et de l'absence. Il faut que tout soit plein, saturé, nourri de sa propre sève. Rien ne doit lui échapper. Elle écrit des lettres, elle inscrit le nom et l'adresse sur les enveloppes, cachette les missives et les donne au bureau du pensionnat. Les infirmiers, les docteurs les lisent, s'en servent pour leurs rapports, puis les insèrent dans son dossier médical. Il s'épaissit considérablement au cours des années car Séraphine ne se lasse pas d'écrire des lettres intempestives et virulentes. Tout ce qui n'était que grâce et délicatesse dans ses tableaux est devenu maintenant brutalité et invectives ordurières. Séraphine qui donnait jadis des leçons de vertu parle comme une harengère, une fille des rues et des marchés. Elle profère des obscénités, des mots impudiques, des jurons, et même des blasphèmes. Rien n'échappe cependant à l'œil des médecins.

31 juillet 1932 : récrimine sur la nourriture. Déclare avoir aperçu la Sainte Vierge et devoir se marier prochainement avec un riche monsieur habitant l'Espagne.

30 janvier 1933 : état mental inchangé.

30 août 1933 : demande sa sortie ; par ailleurs, même état.

30 octobre 1933 : sans changement.

Ces années 1930-1933 voient apparaître une Séraphine emmurée dans sa souffrance, incapable de se retrouver dans la peinture, inapte à se suffire à elle-même, mue par des bouffées délirantes qui la rendent agressive et difficile pour son entourage. Le docteur Gallot qui l'a beaucoup observée a laissé un rapport très circonstancié de son cas : « Le fait même, écrit-il, que le délire ait évolué à bas bruit, pendant vingt ans, n'a rien d'extraordinaire et s'observe chez les malades mentaux. Nombre d'entre eux restent ainsi longtemps dans un équilibre plus ou moins stable qui se rompt seulement lorsque le délire s'étant enrichi petit à petit des événements extérieurs chargés d'un lourd potentiel émotionnel survient fortuitement. C'est ce qui s'est passé pour Séraphine, la griserie du succès et de la célébrité faisant éclater son délire.

« Il y a un parallélisme absolu entre son évolution psychologique et sa manière de peindre.

« De 1905 à 1925, période d'originalité simple avec délire non actif, elle peint comme une artiste instinctive très douée mais pas tout à fait naïve parce qu'elle s'enrichissait très librement de la réalité. Uhde s'intéresse à elle sans s'enthousiasmer encore. Elle perfectionne sa technique, s'enrichit en se dépouillant, et fait de constants progrès.

« De 1925 à 1931, le délire s'organise. Les excentricités commencent, l'excitation mégalomaniaque apparaît. L'artiste est survoltée par l'intensité de sa vie intérieure et par le caractère inouï de ses représentations mentales encore contenues.

« C'est la période des chefs-d'œuvre. La réalité n'est plus qu'un prétexte, un système de références auquel se rattache un univers imaginaire. Uhde s'enthousiasme et c'est le succès qui, par contrecoup, précipite l'évolution de la maladie.

« En 1931, le délire éclate et submerge le psychisme tout entier. Intégralement vécu, il n'a plus besoin de support pictural pour s'extérioriser symboliquement. Alors Séraphine retrouve sa première manière et épuisée, ne peint plus. Sa peinture avait été pour elle une thérapeutique et une soupape de sûreté…

« Le délire de Séraphine était hallucinatoire, complexe et mal systématisé. Elle croyait être un des plus grands peintres de tous les temps. Ayant le contact de Dieu, de la Vierge et des Anges, elle désirait punir les méchants et récompenser les bons, mais ses images délirantes gravitaient autour de thèmes de mariages plus ou moins spirituels et de maternités mystiques car, bien qu'absolument vierge, elle était enceinte de plusieurs enfants dont les pères étaient des anges.

« Ainsi le monde n'était pour elle qu'un obstacle et ses habitants des persécuteurs qui voulaient la souiller et contrarier les desseins de Dieu. »

La fine analyse du docteur Gallot, jouant ici le rôle que le docteur Ferdières jouait avec Antonin Artaud, montre bien le processus croissant du délire que l'absence de Uhde, prise comme une défection et un abandon, a contribué à amplifier.

De fait, il n'est plus rare, à partir de 1933 et jusqu'à la fin de sa vie, en 1942, de voir Séraphine délirer dans sa chambre comme dans les parties extérieures, n'hésitant pas, surtout dans les dernières années, à fuguer la nuit dans le parc de l'hôpital pour se livrer, comme jadis, dans la forêt de Compiègne, à de grandes communions spiritualistes avec la nature.

L'imagination se dégrade et se corrompt. Séraphine se croit, enceinte, comme l'a souligné le docteur Gallot. La conception est comparable à celle de la Vierge Marie, tout le processus de l'apparition de l'ange est repris. Elle va donner naissance à des jumeaux, issus d'une union virginale, elle est la nouvelle Mère, immaculée et déesse, elle marmonne sans cesse le même discours, rebattu aux oreilles de ses secrets interlocuteurs : « C'est la nuit, dit-elle, que j'aime maintenant. Je me sauve la nuit du pavillon. Quand ils ne me voient pas, les médecins, les infirmiers. C'est qu'il faut bien que je les nourrisse, les petits. Ils sont accrochés à moi comme les tiques sur la peau des chiens. Mais je les aime, mes jumeaux. Ils ne me croient pas, les docteurs, les filles de salle. Ça fait des années pourtant que ça dure. Qu'ils n'arrivent pas à sortir. Ils sont mal nourris. Ça, je l'ai toujours dit : mais donnez-leur quelque chose. Ce n'est pas difficile, non, quelques petites pâtées, quelques biberons ? C'est pour ça qu'ils mettent du temps à sortir. Mais quand ça arrivera, ils verront bien, tous, que j'avais raison. Manger. Il faut manger. Elle est bonne cette herbe, non ? Je me dis qu'ils auront toujours cela, les petits. Ils m'aimeront davantage plus tard, ils seront robustes. Que c'est bon, cette herbe, c'est pour vous, les petiots, tous les soirs. C'est pour vous. J'ai décidé. La nuit, on n'entend plus les cris des femmes, les bruits de leurs mâchoires, leurs pleurs, leurs lamentations. J'entends l'herbe pousser. Ça ronronne, l'herbe, la nuit. C'est surtout quand ça pousse. Les tiges poussent, et elles ronronnent. Elles bourdonnent comme des ruches et puis c'est toute la terre qui parle, la nuit. Les collines de Clermont, comme celles d'Arcy, quand j'étais toute petite, je mettais l'oreille là, contre la terre et j'écoutais. C'est qu'il y a des bruits terribles en-dessous, des bruits de vie. »

Elle parle ainsi longtemps des heures entières, dans la nuit de Clermont. Elle ne craint pas même le froid ni l'humidité, elle se sent de nouveau libre dans son délire. « Allez, mangez, les petits, gavez-vous. Ce n'est pas la nourriture de l'asile qui vous fera forts. Et beaux et grands. Comme Cyrille, le fiancé d'autrefois qui est parti à la guerre à Sidi Bel-Abbès… Mangez de ma terre, mangez de mon herbe. Je me mets là, dans le bosquet, je me cale bien contre la terre, il n'y a pas de lune pour réchauffer. Il n'y a pas le lait de la lune. »

Non seulement la parole devient son exutoire, une libération qu'elle exerçait autrefois par la peinture, mais une activité épistolaire s'engage entre 1933 et 1937 qui, à sa manière, est un véritable acte créatif. La peinture, l'écriture, la parole proférée sont du même ordre. Elles témoignent de la violence d'un feu qui ne cesse de la brûler intérieurement et qui ne pourra s'éteindre qu'avec sa mort. De même que la toile était saturée de ses feuilles et de ses fleurs, s'organisait en rinceaux très cohérents comme si elle voulait par là imiter les ramages et les arabesques des châles persans, la feuille de papier blanc qu'elle va désormais remplir est recouverte de son écriture déliée et souple, mais pas un espace ne sera inhabité. Là encore, le même désir d'*horror vacui*, le même dessein de combler l'espace, le monde, l'air, de le saturer de sa violence intérieure.

Il est très émouvant de regarder et d'observer la graphie de Séraphine dont les lettres sont scandées et rechampies comme des tiges et des herbes. Les lettres forment corolles et pistils, guirlandes qui enlacent la page. Le contenu de ces lettres, hélas, est celui, ordinaire, d'une démente. Elle accumule dans un déluge d'insultes souvent salaces la terre entière, abomine d'injures tous ceux qui l'approchent, elle rend compte de ses visions, de ses soupçons, de ses certitudes. « Salopes, saloperies, dégueulasses… » écrit-elle, mais le flux verbal devient incantatoire, et finit par devenir un grand texte lyrique que n'aurait pas désavoué un Artaud ou un Lautréamont… C'est toujours dans une sorte de fièvre intense qu'elle écrit, les mots se soulèvent, se ploient, se délient, deviennent semblables à des graines qui s'épanouiraient, à des naissances germinatoires... Comme par un étrange travail de mémoire qui la bouleverse et la fait revenir aux jours anciens, elle écrit, le 13 octobre 1933, au docteur qui la suit, une bien curieuse lettre, s'inquiétant des vaches d'Arsy que jadis, elle gardait et qui deviennent sèches, ainsi que des hommes qui les soignent :

> « *J'aie recours à votre bon cœur, Monsieur le Docteur,* écrit-elle dans son orthographe approximative, *je viens vous révéler que le lait manque et cette période est la cause que les animaux vaches souffre comme moi et du froid et surtout d'alimentation. Il faut que ces bêtes leur donner de l'eau tiède à boire si elle souffre de la faim et surtout de la soif le lait est sûrement diminuer il faut beaucoup de litière propre et en bas des portes une fois que leurs pailles litières est faite que l'air est renouvellé, il faut bouché le bas des portes.*
>
> *Et le temps qu'on traie, il faut baisser la porte ouverte pour renouveller l'air Mr le Docteur naturellement si les hommes qui les soigne me sont semblable, ils n'ont n'y force n'y courage s'il manque de bon café, s'il manque de boire du vin car il y a des hommes que je connais qui ne peuvent s'en passer et leur culotte en toile ce n'est pas chaud, il faut bien les vêtir ces gens comme nous il faut être humain ; il faut bien les vêtir car sont des hommes comme nous.*
>
> *S. Louise Maillard.* »

Ce souci d'humanité et ce désir de compassion vont scander dorénavant son existence cellulaire. Le sentiment de justice l'aura toujours interpellée et devient une de ses obsessions. Étrangère dans le monde, en permanent exil, il y a chez elle comme une volonté de rejoindre et de se relier qui, cependant, ne s'accomplira pas. Plus les saisons passent à Clermont et plus elle s'enfonce dans son malheur. Ses cris de justice pour les bêtes comme pour les hommes sont autant de désirs déniés, d'appels dans la nuit. C'est là pourtant qu'elle tente de garder, comme elle dit, son humanité, en parlant, en tenant de vraies conversations : « Ils croient que ça ne veut rien dire, dit-elle, en parlant de ses tableaux. Ils ne comprennent pas tout. Ils croient seulement à ce qu'ils ont décidé de croire, mais c'est faux. Personne ne m'a jamais crue ; quand je disais à Mme Duval comment ça venait, sur la toile, les fleurs, les feuilles et les plumes, elle me faisait répéter devant les clients. C'était pour les faire rire. Elle aussi pensait que j'étais folle. Elle riait aussi avec les autres. Mais je voyais. Je voyais tout. Je faisais simplement semblant de ne rien comprendre. Elle disait encore : “Mais figurez-vous, Séraphine, que derrière vos beaux bouquets, il y a des choses que je distingue à peine et qui me font peur. Comme si tout à coup vos feuilles avaient été blessées, déchiquetées par un couteau, le cœur de vos fleurs, on dirait qu'il est tranché dans le vif et du sang en coule…” “Eh oui, madame Duval eh oui, que je lui répondais. Quelquefois moi aussi quand je les regarde, j'ai peur moi aussi de ce que j'ai fait, la nuit, il m'arrive même de rêver de la vermine, de ces saletés qui vont nous dévorer un jour, nous grignoter lentement, sans se presser parce qu'elles auront tout le temps devant elles. Et quand je regarde mes pétales, je me dis que ça grouille comme dans mes rêves. Je crois que ce que le bon Dieu aime : alors je mets des perles aux fleurs, je mets de l'or. Mais rien n'y fait, ces maudits vers réapparaissent. Souvent, ça me prend de manière terrible, là au ventre, avec une rage folle : il faut que je peigne, que je mette au jour tout ce que j'ai caché, là, dans la tête, au bout des doigts, dans le ventre, là où ça fait toujours aussi mal. Il faut donner naissance, madame Duval, faire naître. Ce qui compte, ce sont les enfants qu'on fait. C'est Dieu qui les demande. Voilà pourquoi je peins des vases toujours aussi épais. Ils sont comme des ventres, qui portent, parfois, je mêle à la peinture de la terre, de la boue, du sang. Il faut que les vases fassent le gros dos, et le gros ventre, comme une maman, et l'arbre alors peut pousser, il peut s'élancer, s'affairer dans le ciel, toujours plus haut. Ah ! C'est une drôle d'histoire, la peinture !" »

Elle continue toujours ainsi à palabrer. Plus personne à l'asile n'y prête attention, « Séraphine parle, Séraphine est en pleine conversation », dit-on, et pendant ce temps, personne ne la surveille, il suffit qu'elle rentre quand sonne la cloche dans le parc. Alors, elle doit revenir sur ses pas, emprunter la petite allée du pavillon et prendre ses cachets… Chaque jour, on lui en donne, par précaution, car elle n'est plus menaçante, plus dangereuse. Elle semble accepter sa nouvelle existence. Docilement.

Le délire cependant poursuit sa route aveugle. Elle vit dans son monde, peuplé de personnages, de tyrans et de méchants, de pauvres hommes aussi abandonnés à la haine des autres… Elle écrit, non pas pour se rassurer, mais pour alerter l'hôpital : le propos devient incohérent et la syntaxe très défaite. L'altération du discours écrit est patente :

« Porte à vivre dans les saltés et dans la cuisine sa pûe et dans les recoins aussi. N. me la dit un ancien élève qu'ils les tuais avec un coup de pieds... et même les enfants, les petits enfants, les garçons... ne peuvent pas dormires ils se grâttes la Nuit leurs Linges-chemises est rougis de sang... qu'and j'allais aux Offices à St Vincent, secrètement, je me demandais qu'elle était le mobile de ces visages dévisagés de maigreurs et j'y lisait dans leurs regards atténués de fâtigues... c'est vraiment criminel une t'elle Direction ??? Ils ne sont pas dignes qu'on leur confies des enfants... et sur le rapport du morale sa laisse à désirés la surveillance sur la continence est souillée ironies dans la Direction... Professeur... gardien... il y a des réformes à faire de grâvit morâle... »

Les années passent. Uhde qui a toujours payé la pension en tenant à garder l'anonymat, comme s'il était un mystérieux bienfaiteur, a cessé ses envois. Séraphine évite de rejoindre l'asile, les salles communes et tout l'ordinaire des fous et des vieillards déments grâce au reste de ses quelques économies personnelles. Mais plus aucune thérapie ne pourra la guérir. Les médicaments ne peuvent que l'apaiser : vie végétative, vie abandonnée.

Séraphine est morte pour Uhde en 1934. Qui a pu l'informer d'une telle fausse nouvelle ? Pourquoi n'a-t-il pas cherché à en savoir davantage ? À organiser par exemple ses obsèques ? À faire parvenir une gerbe ? Pourquoi a-t-il cessé ses envois ? Nul ne pourra jamais vraiment expliquer le comportement de Uhde et de sa sœur. Depuis 1934, la montée de Hitler, l'avènement du IIIe Reich, les menaces que le nouveau chancelier fait peser sur l'Europe et sur les populations, les relents de racisme qui commencent à se manifester, les menaces qui pèsent sur les Juifs, et aussi sur les homosexuels, et de plus sur tout ce qui touche à l'art contemporain de l'époque inquiètent Uhde qui se sent visé : comment échapper au piège tendu par Hitler et dont il pressent l'étau ? C'est dans cet état d'esprit perturbé et menacé que Uhde abandonne pour ainsi dire Séraphine. Désormais il se sent lui-même la cible prévisible des nazis, et va tenter de leur échapper.

Séraphine, dans son asile, prophétise. L'œuvre qu'elle a accomplie n'est pas totalement oubliée. Elle revient par à-coups, éclaire par intermittences sa nuit.

« Le 10.9.36 10 h 30 à l'officiel grâtis
matin Séraphine Louise Maillard.

Mr le Chef,
La Gendarmerie, les Tribunaux,
Prière de remettre à Mr Petit, Secrétaire,

Cher Monsieur,

Combien que vous allez être contente t heureux, Notre Seigneur ('a dit de vous écrire, de ne pas manqué de venir cherché mes 2 toiles. Tabx que j'aie ici dans le placard du parloir.

Mr. Vous apportera cette lettre en venant me cherché, me prendre et vous pourrez obtenir d'emport&é mes 2 toiles Tabx.

Par cette réclamation, Dieu N.S m'a dit que la guerre n'est pas éloignée. Mais on bombardera cette maison… et comme elle sera incendiée Dieu N.S ne veut pas que mes jolies Toiles Tbx soient brûlées. Sa seraie bien dommâge de perdre 100 000 frs et surtout la gloire car elles sont déjà très jolies et bien avancées. Sa m'encourage. Il y a acquéreur à 100 000 frs.

D.N.S a dit que' ton mari sera content de voir tant d'argent. S'il se laisse monté la tête il aura regret car tu gâgneras largement plus d'argent que tu en auras besoin.

Tu seras surprise. Tu auras edes amateurs que je t'enverrais que je leur inspirerai de venir.

Il faut que tu penses aussi aux Expositions que tu travail avec une grosse application ce qui te fera gloire. Et les moyens de ton rang.

Allons du courâge mon enfant que sa ira mieux que tu ne crois et tu auras de l'argent plus qu'il ne faut pour payer la pension de tes enfants.

Le Seigneur Notre Dieu,

Je remercie Sa Divine Majesté

Séraphine Louis Maillard. ? Je vous sâlue et je vous serre affectueusement la main.

Nous avons un joli salon avec de mes œuvres et vous y mettrais aussi à peindre orné de fleurs en pots et en bouquets et plantes vertes de décors. J'aie beaucoup de planchettes en bois neuf, je dirais à un menuisier de les mettre en caisses et je les peindrais ces caisses.

N'écoutés pas les langues ayaez du caractère les uns pour m'avoir et les autres pour vous avoir…(…) »

On le voit, le délire gagne sur le peu de raisonnement qui reste à Séraphine. Les préoccupations d'argent et de gloire, avec en leur cœur, les tableaux, la harcèlent. Tout l'environnement qu'elle a jadis connu revient de manière parcellaire. Le souvenir des pièces de mobilier que, dans sa rage de peindre et son désir de complaire à Dieu, elle recouvrait de fleurs, remonte à la surface. De même que l'orgueil d'exécuter des tableaux, la gloire et l'honneur sont affichés comme des ressorts créatifs : tout se fond dans le puzzle désarticulé de sa conscience. Les médecins aliénistes ne manquent pas de noter l'évolution de la maladie :

1er janvier 1935 : se dit enceinte ; réclame sa sortie ; difficile à diriger.
30 septembre 1935 : état mental inchangé.
30 décembre 1935 : attend toujours son ami qui doit l'épouser. Se dit toujours enceinte.
26 mai 1936 : pas de changement notable.
22 novembre 1937 : état mental inchangé. Écrit souvent à la police.
1er février 1938 : se plaint de l'insuffisance de nourriture pour ses deux petits par rapport à l'argent qu'elle donne à la maison.
4 avril 1938 : pas de changement notable.
1er juillet 1938 : état mental inchangé.
4 octobre 1938 : écrit souvent à la police.
4 décembre 1938 : même état mental.

Jusqu'en 1939, les rapports semblent donc notifier qu'il n'y aucun changement majeur. Aucune amélioration de son état mental. La correspondance montre cependant une évolution dans les centres d'intérêt. Entre 1932 et 1934 : le propos revendique, polémique, condamne et menace, diffame et injurie. Entre 1935 et 1937 : le discours prend une allure plus intime, apparition d'une idée fixe : elle est enceinte, à quoi s'ajoute une dimension mystique délirante. Entre 1938 et 1939 : tous les éléments précédents se rassemblent et se fondent dans un discours apocalyptique avec mégalomanie et imprécations messianiques. Tout ce qui était réuni dans sa peinture, le feu, les flammes, les métamorphoses des fleurs et de la nature en général, une nouvelle nature dans une gloire qui peu à peu va devenir une chute, réapparaît dans son abondant courrier qui, bien sûr, ne sera jamais envoyé à ses destinataires parce qu'il est intercepté par la direction de l'hôpital et que ceux auxquels elle s'adresse sont souvent inconnus ou fantaisistes. Le gothique flamboyant de ses dernières toiles est comme transporté dans ses lettres : on y retrouve le même flamboiement, la même violence spirituelle dans ses mots jetés sur le papier avec une intensité rare :

« *À l'officiel grâtis, sous réserves,*
le 17-9-36, 124 heures du soir – Séraphine Louis
La Gendarmerie de Clermont (Oise)

Mr. Le Chef,

Prière de remettre à M. Petit, secrétaire,
Cher Mr. P. Le Secrétaire.

Nous sommes sous le règne de Sâtan, c'est êpouvantable. Les vertûs des cieux seront ébranlés.

Les étoiles tomberonts. Sâtan arrivera à tentés les élûs puisqu'il est dit ceux qui seront êprouvés manqueront de pain, Sâtan changera les pierres en pain pour les enfants de lumières pour les autres il tombera à nouveaux de la mâne des cieux.

Il m'a dit Sâtan je souillerais la Mère de D.S.C et j'y ferais ma demeure et je la détrônerais effronté qu'il est si vous me dite, je vous pûnieraie.

Je serais créateur de toutes sortes de mensonges contrez vous, ces mensonges seront tellement bien habillés, que mes plus grossiers mensonges seront pris pour des vérités et on n'en verra que du feu. Je me servirais de mes plus fidèles serviteurs et servantes et même ceux de ta famille qui t'abandonneront même tes amis. Et je leur ferais voir que vous êtes coupâbles.

(Et Même de la Mère de D.S.C) que je me serviraits. Je lui ai raconté dez choses que mais sous une autre lumière qui n'est pas la vérités. Et alors le Démon a souillé des paroles innocentes mais simple pas assez éclercis. Sâtan il a créé dans le cœur de la mère de D.N.S la Jalousie.

Dieu notre Seigneur a dit de moi Séraphine ma fille, c'est ma plus fidèle servante de l'univer.

Mais D. en disant ces mots n'a pas admis la coûr céleste. Notre Seigneur Dieu ma Nuit en voulant me portés bonheur. Ce compliment de la pard de mon Créateur est Digne d'envie. Sa rendu Sâtan tellement furieux q u'il veut me tendres des pièces de touts côtés : pour me livrer à l'enfer.

Il est tellement furieux d'être humilié qu'il ne pardonne pas Notre-Seigneur et puis il a ajouté que ma place est marquée eux plus haut des cieux dès le commencement du monde q'il peut me faire détrôné il le fera, afin que j'n'aie pas la hâute place que j'aie bien certe mérité et plus encore de mérités. J'espère pour ma famille et mes enf. Et autres que la cour céleste examinera si Sâtan pouvait détrôné Dieu, il le ferai ce monstre là mais il aura des limites… D. quand j'étais jeune m'a interdit le mariage pour me sâuver p.m.s Dieu m'a dit qu'il ajoutais encore avant la fin du monde 1 000 ans et plus parce qu'il y a top d'âmes à venire sur la terre et il faut leur en donner le temps, des millions d'âmes ; d'enfants ils fauts qu'ils viennent pour se sanctifié pour être sauvé, c'est-à-dire gagner le ciel, car alors au ciels il faut gagner sa place sur la terre venir pour y souffrir.

S. Louis Maillard.

Que les petits enfants ne seraient pas beaux comme les autres ils seraits honteux.

Arsy (Oise) quand j'étais jeune, j'aie préservé un incendie chez Mr. Et Me. Eloi (Arsy Oise. La grande ferme).

Défense de fûmé chez tous les cultivateurs et fermier et les séduires tous les commerçants divers. Pour les moteurs à battre, diminuer la pression de la lumière contre l'incendie. Il faut un exper pour les môteurs. »

Plus le monde s'assombrit, plus les menaces de guerre se précisent et plus Séraphine plonge dans un délire apocalyptique. Il n'est plus question que d'incendies, de campagnes en feu, de matériel agricole qui flambe ou qui va exploser, Dieu la prévient de sa compassion pour les hommes, prolonge sa vie sur terre, pour sauver les millions d'âmes qui vont naître, retarde même la fin du monde. Mais le combat avec Satan s'accélère. Il est le propre de toute les dialectiques des mystiques chrétiens. Les réminiscences d'un catéchisme aux images fortes (le combat entre Jésus et Satan sur la montagne, les visions d'un enfer embrasé, l'assomption des péchés, etc.)

émaillent son discours. Séraphine s'instaure en élue de Dieu : elle veut aider au salut des âmes abandonnées ou menacées par Satan, elle s'inquiète pour elles, se veut médium et intercesseur.

« Dieu Notre-Seigneur m'a dit de dire à Mme Veuve Gabrielle Mary qu'elle se presse de se marié parce qu'elle plus longtemps à vivre… Ma bonne Rosalie si tu te marie bientôt Dieu ne te comptera pas toutes tes fautes, mais si tu meures sans être marié… là, il sera sévère, et tu verras ce que la souffrance par expiation… Ne te tourmente pas quesqui payeras Mr. Le Curé et Mr. Le Maire… Accepte-le je m'offre à payer la Mairie et l'Église…

Vous vous, tous les deux, vous vous confesserez avant la Messe et ensuite vous communiieraie sa sera cette Sainte Communion là qui répareras vos Pâques, sa seras vos Pâques… ma petite Rosalie, si tu n'obéis pas… et réparation de scandale de cette façon. Tu verras quesqui faudra expier, Mr. Le Curé le sait bien, tu lui dira, j'ai été avec lui, etc.

S. Louis-Maillard (sans rivâle). »

L'aspiration à l'idéal, elle qui a toujours vécu dans le plus humble dénuement, chez elle, abandonnant sa chambre aux araignées, aux souris, à la poussière alors qu'elle occupa la première partie de sa vie à nettoyer les intérieurs de ses maîtres, ne cesse de la hanter. Elle erre dans les longs couloirs de l'asile de Clermont en les remplissant d'imprécations contre la souillure et l'ordure. La peur de la contamination, la hantise des microbes, l'obsession de l'hygiène occupent tout son discours :

réclamant auprès des directeurs de l'établissement comme du chef de la gendarmerie de Senlis des explications sur tel ou tel fait imaginé ou fantasmé.

Le 8 octobre 1937, elle écrit justement à « la grande police de la Gendarmerie de Beauvais (Oise) », et plus précisément à « Mr. le Chef, sà Haûte Personnâlité » (*sic*) :

« J'étaie présente, quand Mrs les Brigadiers sont venûs ici... Ce Mr le Chef de la 1re Brigaderie de Clermont (Oise).

Ce Mr â complimenté Mme. Thorens le Chef de 1re de la maison au sujet de l'igyène de la propreté... et pour celle des femmes qui s'appelle les Malades... qu'and ces Mrs les visites au sortire de l'Établissements ils n'ont rien à reproché... penser que c'est entretiens de cette maison. Tous les jours les Dortoirs sont balayés tous les matins et réfectoires lavés 3 fois par jours, l'infirmerie 2 ou 3 fois balayés et lavés, les salles de récréations et divers tous les jours. Nous avons le repos de l'ygiène de jours et de nuits.

S. Louis Maillard (sans Rivâle)

Ce Mr le Brigadier n'est plus à Clermont... Il a eû son changement pour caûse qu'il a monté en grâde... Il a ajouté que dans les autres établissements mêmes pensions comme dans les Établissements Hospitaliers... Les femmes... et dans les collèges... enfants et garçonnets jeunes filles... passent des nuits sans sommeil à cause des miasses qui les dévores... et au collège des pûces, ce fléau est dû à la guerre ici par l'excès de la propreté et encore au privilège que la bâtis est neuf... il est plus facile de vivre en repos... divers. Dans l'Établissement St Vincent de Senlis (Oise), dans quelques pièces on fait un peu de ménage, plus souvent qu'une fois par semaine et j'aie mis à prix le collège et toutes les dépendances, les lavoirs et divers à 1.000.2000.000 frs, c'est immense tous ces édifices, on s'y perd, c'est très grand, on pourrait l'acheté pour convertire en château, il y a de quoi.

S. Louis-Maillard (sans rivâle) »

À partir des années 1937-1939, le délire se structure dans l'incohérence et s'amplifie. La graphie comme le contenu des missives sont nettement moins organisés et adoptent des lexiques nouveaux. Il ne s'agit plus comme dans les années 1933-1935 de propos mystiques, très banals dans ce genre de psychose hallucinatoire, mais de préoccupations mortifères et de pulsions meurtrières.

Le sexe va entrer à son tour dans la grande logorrhée délirante, comme si la frustration était devenue intolérable. Les symptômes de persécution et les désirs hostiles de meurtres relaient la langue messianique, tout ce qui touche au masculin est traité de manière brutale et assassine, l'homme est perçu comme un meurtrier, un bourreau poilu et bestial, il tue des victimes innocentes et vierges, des enfants et des jeunes filles, et Séraphine est heureusement là pour dénoncer ses agissements : peu à peu la prophétie inaugurale est abandonnée : Séraphine devient la petite flamme allumée, celle de la parabole, la vierge sage, celle qui veille et déjoue les plans diaboliques des meurtriers. Elle prévient, elle dénonce, elle met en pleine lumière les agissements sataniques de ceux qu'elle dévoile… En somme, c'est toute la dialectique de ses tableaux qui est autrement mise en scène et en œuvre :

paradis et enfer, pureté élégiaque d'une nature idéale et cloaque sordide où pullule la vermine.

« *Le Collège St-Vincent,* écrit-elle encore une fois, *... à Senlis dirigés par les religieux... Les dortoirs grouilles de miasses et de Pûces à câuse de la Très très malprôpreté de l'Établissement, penser...*

Mr le Chef,

Que dans cet Établissement que l'on appêlle Colège St Vincent de Senlis (Oise) quiez les dortoirs ne sont balayés qu'une fois par semaine et la femme de ménage, Eugénie, n'a dit de sa propre bouche qu'elle ne voulue pas continûer qu'elle souillâts son chez elle... et ces enfants que la nuit qui se suivait à sa journée, elle ne couchaie pour ainsi dire pas, qu'elle était accâblée de fatigues de la Journée, de monter les 3-4 étages avec les bras chargés d'ordûres que l'on descend dans un trou dans le jardin... et escainté de tûées toute la nuit et il y en, a qui ne sont pas tuâble, ils sont gros à poils, on ne peut pas les tuée comme à l'ordinaire. Il les tues les jeunes gens qu'ils disent avec des coups de bottes, leur tâlon qui remplace le marteau c'est inimaginable que l'avarice et l'amour de l'argent, un ancien élève établie dans la Police des Tribuneaux de Clermont... il ne l'a pas déclaré, M.N je sais le nom, mais je ne me rappelle pas l'ortographe de ce nom. Le supérieur est sâuvé dans la Somme, je l'ai lue dans un journal, d'un patronage de garçons...

S.L.M. »

La grâce mystique qui présidait à ses délires se corrompt et une aversion antireligieuse et anticléricale se précise. Séraphine semble envahie par un désir de profanation et de transgression, finalement pas si éloigné de ses dernières œuvres, sans doute les plus belles, parce que animées d'une violence érotique et traversées par ce que Baudelaire aurait appelé « l'Ange du Bizarre ». Est-ce par ressentiment exacerbé contre les religieuses qui l'ont humiliée et ignorée, la confinant à ses travaux ancillaires tandis qu'elles s'adonnaient à la fréquentation quotidienne de Jésus et de Marie, l'excluant de ce que Séraphine a toujours vécu comme des privilèges intolérables ?

Est-ce parce que sa vraie nature, brutale et primitive, a trop longtemps été étouffée et rejetée qu'elle se libère à présent sans pudeur, dans l'impudence et dans l'évidence de la folie ? Plus souvent qu'autrefois, elle se réapproprie sa véritable identité. Elle a perdu toute identité sociale en entrant à Clermont, s'est dépouillée de toute son histoire qu'elle a rayée d'un trait, et récupère cependant son patronyme auquel elle ajoute par la violence de son ego et par la certitude de son génie, amplifiés par sa démence, « sans rivâle ».

Elle sait que dans la folie, elle acquiert cette majesté, cette royauté du génie, cette unicité exemplaire qui l'a fait sortir de l'anonymat.

Toute la dimension chrétienne du rachat est ici réinterprétée par la folie. Comment être rachetée de tous les péchés commis sur terre, comment retrouver la pureté originelle d'un avant mythifié et sacré, comment faire pour devenir « papillons de neige », comme elle le dit, c'est-à-dire ces pétales ouatés et aériens qu'elle dessinait jadis et qui maintenant la hantent encore comme les signes ou les traces d'un paradis entrevu ? Sinon, en évacuant toute la laideur du monde, recélée, pense-t-elle, en l'homme, en s'en chargeant comme Jésus porte les péchés du monde, en assumant ce malheur ? Séraphine se répand alors en imprécations, en pythie délirante, elle est celle à qui la Vierge de Lourdes se confie, elle est l'autre voyante après Bernadette, elle est celle qui annonce, avertit, prévient des grands cataclysmes, elle est celle qui arpente les couloirs de l'hôpital comme elle arpenterait les routes, pour préparer les hommes à la venue des grandes calamités. Sa peinture ne disait rien d'autre en montrant des pétales radieux accrochés à des tiges et à des troncs brisés : le malheur et le bonheur rassemblés sur le même tableau.

« Cette divine Mère qui souffre plus que le Martyre et ce pendant elle est venue sur terre de Lourdes y pleûrée… Elle est venue dans le but de sauver les Ames à son Divin Fils. Prise de pitié en regardant vers la terre elle vit tomber les âmes dans les enfers DRUES… comme des papillons de neige… et les âmes sont de la grandeurs des corps… Vous donner une idée de la vérité c'est effrayant que de se voire tombée dans des profondeurs, dans des puits profonds au moins 270 000 lieux sous terre pour s'y rendre il faut près de deux heures par un genre d'ascenseur… c'est inimaginable que Dieu a orreur du péché mortel que dans son indignation de voir nos âmes gâchées crées de sa bonté pour pûrifier les pêcheurs. Voyez d'aimer les pêchés et alors il faut pleûrés dans les enfers pour éteindre les ardeurs et d'y être rachetés par d'atrôces souffrances au nom des Sainrs des Élus élites les pêcheurs plus tard seront râchetés…

Séraphine Loui Maillard (sans rivâle). »

La transe de Séraphine, intérieure et jamais menaçante pour les autres, lui vaut cependant d'être reléguée dans sa chambre, de subir des camisoles chimiques importantes qui la calment et surtout l'apaisent, car à ce moment précis de l'évolution du mal qui la ronge, elle subit ce que certains saints peuvent connaître, à savoir la nuit mystique, la traversée du mal, à l'instar de Jean de la Croix ou de Thérèse d'Avila.

En effet, et pour la première fois, Séraphine aborde des territoires inconnus, des espaces insondables et obscurs, ce qu'elle appelle elle-même des « puits profonds », ou des « profondeurs » qui sont, à ses yeux épouvantés, « inimaginables ». Le délire prend des proportions fantastiques, il développe des mondes terrifiants et inquiets. C'est un univers eschatologique qu'elle décrit, une cosmogonie nouvelle et digne de certains récits de science-fiction ou de prophéties religieuses. L'arbre qu'elle composa avant son internement, *L'Arbre rouge,* est bel et bien tombé dans un univers tragique, il a basculé dans « l'*unheimlich* » dont parle Freud, étrange et inquiétant, et les pétales enluminés comme des bijoux du Moyen Âge n'auront donc servi à rien…

Les rapports psychiatriques se poursuivent, toujours aussi laconiques et tragiques dans leur indifférence :

« *1er février 1938 : se plaint de l'insuffisance de nourriture pour ses deux petits par rapport à l'argent qu'elle donne à la maison.*

4 avril 1938 : pas de changement notable.

1er juillet 1938 : état mental inchangé.

4 octobre 1938 : écrit souvent à la police.

4 décembre 1938 : même état mental. »

Se doute-t-elle de sa fin prochaine ? Ou bien, comme les grands voyants, conçoit-elle déjà le carnage à venir ? Entrevoit-elle dans son délire (y a-t-elle même accès ?) les atrocités, les massacres, les exodes, les pogroms et les exterminations de masse ? De même que le Douanier Rousseau peint alors l'allégorie de la guerre sous les traits d'une petite fille hideuse caracolant sur un cheval de feu et semant la mort derrière elle, elle voit, au sens de la voyance, s'approcher des jours terribles :

> « *La Mort a fait son Œuvre*, écrit-elle, le 10 avril 1938, à *l'officiel grâtis, à Mr le Chef, Sa distingué Personnalité* ». « *Ils sont tous dans le même trou,* poursuit-elle, *mes chers regrettés : ils n'ont plus besoin d'argent. Mais de Prières de Messes.* »

La maternité avortée, la culpabilité de n'avoir pu nourrir ses enfants fantasmés, la mort et la terreur jalonnent ses lettres et la hantent littéralement. Elle voit venir des jours de malheur et elle implore et elle supplie.

> « *Tous les legs que j'avaie fixés, à chacun cet argent sera dépensés pour les Messes cet à cet fins que je consâcre mes consolations et… viendra mon Tour de môurrire. Je réclâme des messes le plus Prômptement Possible pour alléger être délivrée des expiâtions dans l'autre Vie ou c'est bien triste à celui qui souffres sans espoirs de fin.* »

L'errance de Séraphine se poursuit dans ce dernier aveu. Elle est celle qui « souffre sans espoirs de fin », comme elle dit, retrouvant inconsciemment la formulation biblique des âmes errantes dans les limbes, en quête de Dieu… L'année 1939 voit s'amplifier sa dégradation physique et mentale. La litanie des rapports révèle sa souffrance et sa pathologie :

« 12 janvier 1939 : conserve ses idées délirantes, écrit toujours autant à la police.
3 juillet 1939 : état mental inchangé mais calme. »

La guerre va cependant transformer toute la donne. Elle la vit au début sans en mesurer, pour elle et pour l'hôpital, les conséquences à court terme. La vie pavillonnaire est toujours aussi lisse et monotone. Jours sans fêtes ni accrocs, jours qui passent et glissent sur l'échiquier du temps. Séraphine les subit peu en réalité, prisonnière elle-même d'un autre espace-temps qui l'empêche de considérer le monde extérieur à sa juste vérité. Le délire pourtant ne cède pas.

La grossesse fantasmée la tient tragiquement. La parturition est impossible, il s'agit de garder en elle « ses petits » afin de les protéger du monde qui l'a fait souffrir. On a pris, à Clermont, l'habitude de la voir longer le parc, parler à elle seule, porter ses larges mains sur son ventre comme font les femmes enceintes. Elle ne parle à personne d'autre qu'à eux, indifférente aux malades, ses semblables.

19

Le délire se dissout dans l'air libre du parc. Personne ne cherche à le recueillir. La guerre occupe tout le personnel de l'hôpital, les visiteurs ; seuls les aliénés voient défiler le temps sans contrainte, jamais affectés par le passage des heures et des jours. Séraphine a beaucoup changé physiquement depuis son entrée à Clermont. La paysanne robuste et vive qu'elle était est devenue une petite vieille affaiblie et fragile. Déjà, en 1932, Uhde l'avait trouvée amaigrie et voûtée. À présent, elle ne pourrait plus porter à bout de bras les grandes toiles qu'elle posait d'un mur à l'autre de la chambre du Puits-Tiphaine ! Mais la violence intérieure, la rage de convaincre, la prédication apocalytptique semblent la soutenir et la conserver encore vivante.

Rarement elle revient sur la peinture d'autrefois, sur ses « travaux de mains », comme elle disait, sur ce labeur intense qui l'avait occupée jusqu'à ne plus manger, à ne plus boire, mais à se nourrir uniquement de cette peinture qu'il fallait bien réaliser, par elle ne savait quel devoir d'obéissance. « Quel bonheur, se remémore-t-elle, le jour où M. Uhde s'est rendu compte ! Il fallait bien qu'il les découvre un jour ou l'autre, mes imaginations... Il a fallu que ça tombe chez les Léon. Je leur avais donné une petite huile que j'avais faite. Sur une planchette de bois, des pommes, oui, je m'en souviens, de vraies pommes grasses rouges et piquées de rouille, comme celle qui tombaient des arbres à Arcy. Quand je revenais de l'école, au-delà du mail, il y en avait des seaux entiers à remplir dans le champ de Jeanne... Et cette folle de madame Léon qui regardait les pommes et qui disait :

"Mais enfin, Séraphine, c'est des pommes, ça ? Où donc en voyez-vous ainsi ?

– Mais vous aussi, je lui répondais, vous devriez les voir comme ça. C'est dans la vie, vous savez."

Elle avait haussé les épaules et elle était rentrée chez elle sans même me remercier. Elle ne comprenait rien, tout ce qui est à voir est au fond de moi. Plus je me trouvais dans mon vieux puits de la rue Tiphaine, plus je voyais, et mieux je voyais... Ça, des fleurs et des fruits qui n'existent pas ? Des fleurs de folle, ils disent... Mais elles existent puisque je les vois. Seulement il faut aller les chercher très loin et ça c'est très difficile. Alors on se contente de dessiner le myosotis, le lis, la marguerite tels qu'on les voit dans les jardins ou sur les talus des chemins. C'est ce qu'ils font aux Amis des Arts ! Tout ça est tellement vrai que ça en devient faux ! C'est compliqué à expliquer, mais moi je me comprends. Mes fleurs, elles n'existent pas sur les bords des chemins telles quelles, mais en fait oui, elles y sont. Il suffit de bien voir... Et puis monsieur Uhde est venu. Il les a vues, mes pommes, oui, et bien vues, si bien qu'il les a achetées à Mme Léon. Et le lendemain matin, il les avait mises sur une chaise, bien en vue pour que je ne les rate pas… “C’est de vous, Séraphine ?” qu’il m’a dit. “Oui, Monsieur. Et vous en avez d’autres ?” “Plein d’autres”, que je lui ai répondu en souriant… “Montrez-les moi, Séraphine.” Et quand il les a vus, toutes mes fleurs, tous mes fruits, il m’a dit : “Ne travaillez plus dorénavant qu’à cela, Séraphine, plus que de la peinture, maintenant. Plus que de la peinture…” »

À l’hôpital cependant, la guerre entame les désirs et les vocations, une angoisse sourde, une inquiétude occupent les esprits, le personnel est moins attentif, plus irritable, moins disponible. On pense que la guerre ne va pas durer longtemps, mais confusément, personne n’y croit. Les malades sont laissés le plus souvent à la dérive, moins d’occupations quotidiennes, plus de relâchement dans les rapports. La guerre fait déjà d’innombrables victimes. Des jeunes gens, des hommes, des pères, des fiancés, de jeunes maris. Le traumatisme de la dernière guerre se ravive dans tous les esprits. Inconsciemment on se dit que les fous de Clermont ne sont que des bouches inutiles : pourquoi continuer à s’en occuper quand le pays entier est menacé ?

Les rapports toujours aussi lapidaires continuent à dire toutefois l’état de santé de Séraphine :

19 janvier 1940 : état mental inchangé.

8 mai 1940 : réclame à manger pour ses petits.

18 août 1940 : se montre ce jour comme étant une maîtresse laveuse, reste aussi délirante. N’a jamais assez de nourriture.

14 octobre 1940 : état mental inchangé.

4 décembre 1940 : reste inactive. Calme mais toujours aussi délirante. Température 37°4

8 avril 1941 : état mental inchangé. Dit avoir deux enfants dans son corps et souffre de la faim.

28 décembre 1941 : a été alitée. Œdème des membres inférieurs, fatiguée.

L'armistice, l'état de guerre civile sur le territoire français, les Allemands en zone occupée, tout contribue à détériorer la solidarité entre les habitants. Le manque d'argent, les privations alimentaires rendent sournois et hostile, chacun tente de sauver sa peau, mais seuls les aliénés demeurent inchangés, comme le signalent les rapports sur Séraphine. Ils ne voient rien, ne comprennent pas ce qui se joue dans le monde. Ils continuent leurs délires, et réclament cependant de la nourriture, peuvent devenir violents s'ils ne mangent pas.

Les restrictions conduisent à l'intérieur même de l'hôpital à des délits organisés qui privent de nourriture les malades. Certains membres du personnel soignant ou administratif volent les maigres rations des aliénés. Séraphine ne cesse de réclamer du papier et à manger. On lui dit que c'est la guerre, qu'il n'y a plus de papier et plus de nourriture. Elle commence alors à manger régulièrement de l'herbe à quatre pattes, comme une bête, se sauve la nuit de son pavillon, et déclare aller « boire le lait qui coule de la lune » et manger l'herbe fraîche de rosée. On la surprend en pleine nuit à errer dans le parc, délirante. Puis, sagement, elle rentre dans sa chambre, en parlant : « Allez, dit-elle, il faut rentrer, petits. Il fait froid. Vous avez vu comme la lune est froide, ce soir comme les rayons sont blancs comme de la glace ?

Je vais vous bercer, je vais rentrer dans la petite chambre, tout y est scellé. C'est pour que je ne les casse pas. La table, le lit, la chaise... Mais qu'importe ? Je suis ailleurs, déjà, ailleurs... On va rentrer, oui, les petits, on va rentrer dormir. Je vais vous dire une prière. Sans cela, rien ne se donne. Ni les bouquets, ni les grands arbres, ni les pétales frangés de perles. Ni vous. Vous ne viendriez jamais à terme, sinon... Moi-même toute seule, je ne suis rien : "Mon âme exalte le Seigneur, exulte mon esprit en Dieu mon Sauveur..." Servante, c'est ce que je serai toujours... Quand j'étais petite, je servais les bêtes. J'étais leur domestique. Elles étaient les reines. Je leur donnais à boire, à manger du bon fourrage sec. Je les soignais aussi. Plus tard, j'ai servi Dieu au couvent et plus tard encore, les bonnes gens de Senlis. Maintenant je suis toute seule avec vous. C'est pour ça, je dois aimer doublement. Aimer, aimer, voilà le grand mot. Maintenant c'est de vous qu'il faut s'occuper. J'ai trop donné à la peinture. Ça m'a recouverte comme la lave du volcan. J'avais la tête qui cognait. Qui tapait, et plus elle cognait, plus je jetais des fleurs sur la toile, plus les bouquets s'embrasaient. On croyait quelquefois qu'il y avait le feu dans la maison, mais je criais, allez, vas-y, Séraphine, fonce, fonce comme une bête, ne te laisse pas aller, ne sois pas fainéante, tu es fatiguée, mais tu dois continuer. Et vous qui poussiez dans mon ventre. Et je ne faisais rien. Je me laissais avoir par la peinture. Mère indigne, voilà ce que j'étais. Mais j'irais jusque sur les collines de Clermont pour vous chercher de l'herbe, les petits, s'ils venait à en manquer ici... Au Puits-Tiphaine, je vous aurais fait des fleurs, des feuilles, des fruits, vous auriez eu tout ce que vous désiriez. Mais ici, comment faire autrement que de ne vous donner que cette sale herbe piétinée par les pensionnaires, la journées, par les roues des brancards ? J'avais faim moi aussi quand j'étais toute petite, et je me sauvais après l'école, je ne partais pas jouer avec les petites filles de mon âge sous le mail ombragé. Je filais dans les champs, près des vaches et des veaux, j'entendais les bêtes ruminer. Je mâche comme elles maintenant, je mastique bien, j'ai appris, je fais circuler l'herbe dans toute la bouche. Je croquais aussi les fruits verts aux arbres, les baies aux haies des jardins. Les pommes, les coings, il fallait avoir de bonnes dents. Je connais tout de la campagne, le bruit du vent dans les herbes, le souffle des tiges, le pas pesant des bêtes quand elles veulent aller à l'abreuvoir, le mugissement plaintif des veaux, la succion des tétines quand les petits veaux viennent tirer le lait. N'ayez crainte, les petits, vous ne manquerez de rien. Malgré la guerre. Malgré ce maudit sein qui me fait mal, si mal… »

On décèle en effet un cancer du sein très avancé. Elle dit que sa douleur est due à des montées de lait : toujours ce désir de maternité, cette envie d'enfanter qui la talonne et la harcèle. Le mal s'installe implacablement. Elle maltraite son sein, le pince et le secoue, il suppure, elle se révolte : « Tous les jours, dit-elle, ils me mettent une mèche pour sucer le pus. Je l'arrache. Je n'aime pas cette tige blanchâtre qui dégouline de moi. Toute humide de pus. Toute sanguinolente. Moi seule, je le ferai guérir, mon sein. Il suffit de le vouloir. De prier. Ça, je le sais bien. Mais ça tire, ça tire très fort. Ça remonte jusque dans le dos. J'ai beau me dire : ne fais pas attention,

Séraphine, c'est rien, un petit bobo de rien du tout. Le Bon Dieu ne te veut aucun mal. Et la bonne Vierge te protège. Tu ne risques rien avec eux. Continue de nourrir tes jumeaux. Ne t'occupe que d'eux. Vas-y. C'est ta nouvelle mission maintenant. Tu dois la mener à bien. C'est pour le Ciel que tu travailles, Séraphine. Crois-moi, le Ciel… »

1942. L'année de toutes les défaites, de toutes les trahisons, de tous les combats. Séraphine n'entend rien à ce qui se passe alors dans le pays. Elle sait seulement qu'il y a les Allemands partout dans cette partie de la France où elle vit. Qu'ils sont partout, que la catastrophe annoncée est maintenant généralisée. Elle a gagné le territoire, s'étend au monde entier, qu'elle-même en est comme la représentation immolée à ce malheur.

L'œdème des membres inférieurs l'oblige à s'aliter. Mais elle refuse l'immobilité et la nuit, brave les interdictions pour prendre l'air, dit-elle. Le rapport note que le 25 mai 1942 : elle « fait du bruit la nuit. Prend 2 comprimés de Chloral. » Le 5 juillet il note aussi qu'elle continue de « cueillir de l'herbe pour manger la nuit ». Son état se détériore méthodiquement : le 3 août de la même année, l'interne a observé : « Inconsciente, elle mange des détritus. »

Un rare cliché de cette époque montre son visage appuyé contre un mur. Elle y apparaît totalement absente, le visage est toujours assez massif, les maxillaires très proéminents, les traits sont grossiers, rustiques. Elle est ailleurs, ne distingue aucun horizon, ne regarde aucun objectif : on dirait que la photographie a été prise à son insu. À la même époque très exactement, Camille Claudel est aussi une vieille femme affamée, elle n'est déjà plus au monde, semble totalement étrangère. Il est loin pour elle aussi, le temps de sa gloire, loin son visage à la grâce exquise qu'une sourde inquiétude traversait cependant !

Uhde prétendait toujours que Séraphine « venait de très loin ». Jamais autant que dans ce cliché datant de l'occupation allemande, Séraphine n'apparaît aussi éloignée des autres. Elle vient, oui de très loin comme disait son bienfaiteur, ramenant des choses, des images, des visions, des traces d'un monde inconnu.

« Moi, disait-elle, le Ciel, je le connais déjà. Ce n'est pas le Ciel qui naissait sous mes doigts ? Pas le Ciel, ces nuées de fleurs qui envahissaient la toile, voulaient la dépasser, gagner l'espace entier ? Pas le Ciel, ces fleurs parées comme de riches dames ? Ces bouquets qui fusaient comme des comètes, ces plumes ornées comme des bijoux de reine ? Pas le Ciel, ces arbres qui ressemblaient à des vitraux ? Je suis fatiguée, j'ai mal, Bonne Vierge, ayez pitié. J'ai mal. Je ne sais pas si j'arriverai à les nourrir, les enfants. Il faut du courage, des forces. Je n'en ai presque plus. Je sens que tout m'échappe. Que tout me glisse entre les mains. Comme le petit ruisseau de pus qui glisse sans cesse de mon sein. Avec des filets de sang, comme ceux que je peignais et qui se faufilaient dans les pétales de fleurs. »

À Senlis, à Clermont, sur les routes de campagne, partout les Allemands. Ils sont là en maîtres, bottés, casqués, martiaux, vociférant, transformant la langue de Hölderlin et de Kleist en mots aux consonances terrifiantes et inhumaines. Séraphine, du fond de sa profonde nuit, sait que l'ennemi est aux portes.

Très vite, les liens sociaux établis dans l'hôpital entre les malades et le personnel se distendent. La compassion, la bienveillance, l'attention sont reléguées au second plan. La nourriture commence à manquer. Les rationnements exacerbent les tensions, les vols, les concupiscences de toutes sortes. Peu à peu, les malades sont laissés à eux-mêmes. On ne peut pas dire qu'ils soient abandonnés mais délaissés. Manque de soins, manque de vigilance envers des patients démunis... Tel est le constat que feront bien des années après la guerre des psychiatres issus des hôpitaux psychiatriques les plus visés : Ville-Évrard, le Vinatier à Bron et Clermont-de-l'Oise... Les théories eugénistes du docteur Alexis Carrel coïncident alors étrangement avec les théories nazies d'extermination des faibles et des malades.

Bien que le gouvernement de Vichy soit engagé dans la collaboration avec les Allemands, on ne peut parler cependant d'extermination décidée mais bien plutôt « d'intentionnalité », comme le dit Max Lafont dans son ouvrage dénonciateur, *L'Extermination douce*, paru en 1987. La politique de rationnement, très insuffisante pour un homme sain, ne l'est absolument pas pour un malade qui a des carences particulières. La solitude, le manque d'hygiène, le manque de vêtements, l'errance mentale elle-même, l'enfermement accroissent les besoins en vitamines et en repas équilibrés, seule satisfaction de l'aliéné qui attend ce moment avec une impatience originelle. Alentour champs et fermes sont cultivés par les malades pour fournir fruits, légumes et laitages à tout l'hôpital. Mais dans la débrouille généralisée et organisée, le personnel détourne systématiquement la nourriture destinée aux malades. Le fameux « coulage » comme on l'appelle, bénéficie directement à l'administration de l'hôpital. Certains abus, trop flagrants, sont certes sanctionnés à Clermont. Des membres du personnel sont licenciés pour détournement de nourriture destinée aux malades, mais dans l'ensemble on ferme les yeux devant les larcins, encouragés par des circulaires d'État qui, comme celle adressée par le secrétaire d'État au Ravitaillement au préfet de Haute-Savoie, déclarait : « Le manque de denrées se fait sentir pour tous et il n'y a aucune raison pour que les aliénés bénéficient d'un régime de faveur par rapport aux autres consommateurs. » Ce n'est qu'en 1942 que le secrétaire d'État à la Santé et à la Famille adopte une circulaire dans laquelle il spécifie qu'il convient « d'accorder des suppléments en denrées contingentées aux aliénés internés dans les hôpitaux psychiatriques ».

Mais malgré cette mesure favorable, l'hôpital reste un lieu clos, dont les hauts murs étouffent les cris et les tragédies intimes, les mauvais traitements et les souffrances. En 1940, la France compte environ 110 000 malades mentaux internés en hôpitaux psychiatriques. 45 000 y mourront de faim entre 1941 et 1945, la plus grande hécatombe se trouvant entre en 1941 et 1942.

En 1942, Séraphine est au cœur de la tourmente et de la famine. Elle mange de l'herbe, dans sa folie, pour suppléer les manques et carences alimentaires, croyant naïvement que l'herbe en contient à l'état pur, si l'on peut dire. Sa démarche archaïque et primitive la place au rang des animaux justifiant le manque de compassion à son égard et à celui des autres patients infortunés. Ce que l'Allemagne nazie ose faire, le gazage systématique, dès 1940, de ses propres malades mentaux et de ceux des pays envahis, la France, même vichyste, n'ose pas le faire. Le gouvernement de Vichy n'ignore pas cependant les pratiques eugénistes et brutales orchestrées par les Allemands, camps de la mort volants, gazages dans des camions, crémation hâtive quelquefois en plein air, etc. Il n'ignore sûrement pas l'opération T4 organisée depuis le n° 4 de la Tiegartenstrasse à Berlin, dès 1939 où l'on élimine massivement par piqûres puis par le gaz, « des enveloppes humaines vides ».

Vichy reste sensible aux sirènes eugénistes du docteur Carrel auquel le gouvernement demande toutefois d'organiser la Fondation pour l'étude des problèmes humains... En 1938, un chef de service dénonçait déjà « l'augmentation du nombre des tarés et des dégénérés, en un mot des déchets sociaux qui contribuent à la dégénérescence de la race et deviennent une lourde charge pour la collectivité ». Mais Vichy n'osera pas se résoudre à l'extermination organisée, à l'organisation d'une « famine intentionnelle » ou d'un « processus organisationnel », selon l'historienne lyonnaise Isabelle von Buelzingsloewen.

Et pourtant l'hôpital de Clermont-de-l'Oise sent la mort et le cadavre. Les dortoirs sont le spectacle affligeant de patients morts dans la nuit, affamés, ou de survivants d'un misérable souffle. La passivité des autorités en la matière conduit finalement à la famine et à l'extermination. Les décès ont l'apparence de fatalité. Tribut navrant mais usuel donné à la mort en temps de guerre...

Séraphine réclame pêle-mêle du fourrage frais, des herbes, du pain, elle se dit sans cesse en manque, ne se laisse pas faire, quand, sortant de ses temps de prostration, elle s'insurge devant la mort qui l'entoure, devant les décès de ses compagnons d'infortune en masse. Il y aura 3 063 morts affamés pour le seul asile de Clermont-de-l'Oise.

3 063 patients abandonnés à leur sort.

À quand le tour de Séraphine ?

20

Elle le sent venir de toute manière, voudrait même en prévenir l'issue. La faim la tenaille et la taraude. Elle lui brûle le ventre, elle dit que ce sont ses petits qui lui rongent les « tripes », faute de lait. Elle regarde son sein malade, sec et flasque. Elle n'est plus qu'une « enveloppe vide », elle aussi, comme disent les nazis, bonne à rien, déliée du monde, reléguée dans l'oubli total. L'hécatombe se poursuit à Clermont. Des médecins essaient de l'enrayer. Mais la passivité des confrères et de beaucoup de membres du personnel, eux-mêmes tout entiers occupés à survivre, freine toute velléité d'aide et toute vigilance. C'est comme un bateau qui s'en va dans la tempête, quelque chose qui se défait d'un continent, part à la dérive. C'est déjà l'hiver 1942. Où sont les fleurs illuminées, parées de perles et de bijoux dorés ? Il n'y a plus que la faim, les gémissements, la maigreur, la mort qui est partout, sur les visages hâves et défaits, sur les corps qui ressemblent à ceux des déportés, à des êtres inconnus. Presque plus humains.

Séraphine est abandonnée de tous. Uhde lui-même depuis longtemps ne donne plus signe de vie, l'a enterrée de son propre vivant, trop occupé lui-même à sauver ses quelques toiles de sa collection, qu'il roule et cache. Il sait que sa vie est menacée, qu'en tant que Juif, Allemand hostile au nazisme et homosexuel, il a toutes les raisons de le croire... Jean Cassou, dont il est l'ami, le cache à Paris. Il vit lui aussi dans les catacombes, comme Séraphine, qu'il avait portée à la lumière. Sait-il qu'à pareille époque, Camille Claudel, l'autre génie abandonné, est en train de mourir, elle aussi acculée à cette mort par famine, petite femme assise sur une chaise, se tordant les mains de douleur ?

Séraphine, pour survivre, continue son délire intérieur. Les nuits, elle arpente les longs couloirs de l'hôpital et se hasarde dehors. Elle ne craint même plus d'être surprise par les infirmiers, l'ordre psychiatrique est bafoué, tout va à vau-l'eau.

« Tout s'écroule, tout s'effondre, dit Séraphine, évoquant les Allemands et leurs chars. Ils vont vers Arcy. Vers le petit village de papa et de maman. Ils vont tout détruire. Les roues sont plates, elles vont écraser les fleurs des talus. Et je ne serai pas là pour leur rendre hommage. Pour les parer doublement de bijoux, elles auront été si flétries, si souillées. J'arrive, Bonne Mère, je rejoins les bâtiments, je vais chercher mes affaires. Il y en a pour peu de temps. Quelques heures, quelques jours au pire. Le temps de prévenir l'interne, le médecin chef, l'infirmière. La nuit se fait de plus en plus noire. Tout se mélange, dans ma tête. Je ne sais plus où est la maison. Je ne veux pas qu'ils aillent à Arcy. Je ne veux pas qu'ils profanent la tombe de papa et de maman. Il faut que j'aille avertir le chef de la police. Ils dorment, et ne voient pas leurs manœuvres. Pourtant, c'est évident, ils rampent le long de la colline. Je les vois bien, il n'y a que moi qui les vois. Ils ont des chiens. Je les entends aboyer dans la campagne. Ils les tiennent avec de grosses laisses. Ils montrent leurs crocs. Rentre, Séraphine, il n'y a plus rien à faire ici. Tout est perdu. Tu ne peux plus les aider. Tu ne fais plus de belles fleurs pour les aider à vivre, à supporter la laideur du monde. C'est trop tard. Il fallait t'y prendre bien plus tôt. Il n'y a plus que la nuit et les Allemands qui gagnent du terrain et détruisent toutes les fleurs des chemins. Mais tout recommencera après toi. On refera les routes, on essaiera d'arranger les dégâts. On disposera des bouquets de fleurs sur les buffets, sur les tables, il y en aura qui dessineront sur des toiles et ils exposeront à l'Amicale des Arts des bouquets de zinnias et de chrysanthèmes bien léchés. Ils feront en sorte d'embellir la vie. Mais pour l'instant il faut que la nuit se fasse, il faut passer par là. Il faut subir. Et toi, Séraphine, tu n'y peux plus rien. Alors rentre à la maison. Fais ton balluchon. Rassemble quelques hardes et suis le chemin de lumière de la Bonne Vierge Marie. Celle-là ne t'abandonnera pas. Jamais. Suis-la, et si tu veux un conseil, ne la quitte pas des yeux. Crois-moi, c'est ce qu'il y a de mieux pour toi et pour les petits. Pense à eux. C'est toi qui en as la charge. Suis-les des yeux, ne les quitte pas, ô Bonne Mère. Juste encore un petit peu de lait de lune sur ma peau. Rien qu'un peu de lait. Quelque chose de doux qui fera tiédir ma peau, apaisera mes douleurs, me donnera du courage pour partir. Non, c'est encore trop, cela. C'est trop exiger. Il faut se résigner. Je n'ai plus de forces. J'ai idée que le jour ne se lèvera pas. Qu'il faudra prendre le chemin des comètes dans la nuit toute noire. Et avancer, guidée par la voix de la Bonne Maman. C'était donc cela que de vivre. Servir. Être la servante. Toujours elle. "Mon âme exalte le Seigneur, exulte mon esprit en Dieu mon Sauveur..." J'arrive. J'arrive. Ne me brusquez pas. Je ne prendrai pas beaucoup de temps. J'essaierai de marcher le plus vite possible. Mais je ne vous promets rien, mes jambes ne me soutiennent plus guère. J'arrive, oui, pour vous être agréable. Je ne veux pas qu'il y ait de pèlerinage sur ma tombe, ni canonisation si je puis par ce moyen-là vous être agréable, ô Divine Mère... »

C'est le 11 décembre 1942. Il fait froid dans les salles mal éclairées de l'hôpital. Le jour n'y passe plus depuis que les carreaux des fenêtres ont été à la hâte badigeonnés en bleu pour éviter d'être repérés par la chasse allemande. Parfois quand des lumières du dehors passent dans la nuit, Séraphine s'est soudain souvenue que cela pouvait faire penser aux fonds de ses peintures qui étaient cloutés de lumières, de feux et d'éclats enflammés.

Séraphine agonise, personne ne l'assiste, elle attend son heure, parfois l'infirmière de garde vient voir si elle a passé, c'est qu'il y a tant à faire ailleurs, avec tous ces malades qui se plaignent, qui gémissent, qui ont peur... Comment s'occuper seulement d'elle, même en cette heure si lourde du passage ? Pour être plus tranquille, on l'a assommée de médicaments, des tranquillisants administrés à haute dose, de la morphine aussi et dans ses délires dus à l'excès des médicaments, elle parvient encore à voir ses fleurs sauvages, libres, au plumage illimité.

Elle se meurt en ce décembre terrible de 1942, particulièrement froid et éprouvant. Le silence s'est abattu sur tout le pays, Senlis est déserté et résonne du bruit des bottes allemandes, des voitures aux vitres impénétrables qui traversent les places, arrogantes, semblables à des tombeaux.

La lumière dure et fine qui est si spécifique à la ville tombe comme un couperet ou une lame. Séraphine ne réclame rien, elle ne veut rien, elle ne demande l'assistance de personne. Elle meurt seule comme elle a toujours vécu. Seule. Avec elle, en elle plutôt, ses tableaux qu'au fond elle n'a jamais oubliés mais que la folie a submergés, engloutis au fin fond de sa mémoire. Tout est accompli. Maintenant, c'est ici comme partout ailleurs quand des hommes meurent, c'est la nuit du Golgotha, l'extrême solitude, l'aube impossible.

L'infirmière est revenue. Elle a constaté que Séraphine ne respirait plus. Elle s'en est assurée en mettant une glace contre sa bouche : aucune buée ne l'a obscurcie. Elle est donc morte. « Repose en paix, Séraphine », doit-elle se dire confusément. Elle note la date et l'heure exactes sur son rapport.

Que faire maintenant de Séraphine ?

Comme elle n'a plus de famille, que toutes ses relations ont disparu ou l'ont abandonnée, personne ne vient réclamer sa dépouille. Elle ira donc à la fosse commune, enterrée parmi tous les anonymes et tous les oubliés de l'hôpital. Le fossoyeur de service rouvre le trou aménagé depuis des années pour recueillir leurs restes. Pas même une fleur n'y est déposée après que le prêtre est venu quand même y faire une prière, courante, automatique. L'administration a tenté de joindre M. Uhde à son ancienne adresse, mais personne n'a répondu. Uhde a fui l'ordre nazi, se cache un peu partout chez des peintres et des collectionneurs amis.

Il ne peut plus rien pour elle. Au mieux, s'en souvenir quand, plus tard, après la fin de la guerre, après l'improbable retour, il reviendra à Paris, à visage découvert et qu'il tentera de retrouver toutes les toiles de sa collection personnelle, y compris celles de Séraphine qu'il a roulées et cachées. Tenter encore de retrouver celles qui lui ont échappé ou qui se trouvent encore chez quelque collectionneur, et alors peut-être fera-t-il revivre Séraphine, lui donnera-t-il la place qu'elle mérite...

Après sa mort, d'autres malades rejoignent la fosse commune, peu sont rendus à leurs familles. La guerre a comme délité les liens sociaux et familiaux, les associations caritatives, même celles chrétiennes, ne se préoccupent pas des malades mentaux, elles visitent les prisons mais pas les asiles, de sorte que ceux-ci deviennent des lieux hors de toute vigilance, laissés à eux-mêmes. Quelquefois, les malades ont la chance de tomber sur des médecins généreux qui tentent de faire sortir certains d'entre eux qui ne sont pas trop agités ni dangereux et de les rendre à leurs familles pour leur éviter de mourir de faim. Mais les familles contactées refusent souvent l'offre du médecin.

L'asile psychiatrique devient le lieu de toutes les misères, de tous les exils. Les nazis arborent leur arrogance dans toute la zone occupée. Certains sont mandatés pour traquer les œuvres d'art jugées non conformes à l'idéal artistique allemand et les détruire. On dit encore, mais est-ce une légende, car personne n'a pu en vérifier les dires, qu'un nazi amateur de peinture eut entre les mains un bouquet flamboyant de Séraphine. Malgré le fait que l'auteur du bouquet était d'humble condition, inculte en art, n'ayant accompli aucune étude, que Séraphine était morte folle, et que par extension, son œuvre devait être assimilée à ce que les nazis appelaient alors « l'art dégénéré », ce dignitaire allemand éprouva une violente émotion en admirant la toile. Mais les fleurs de Séraphine embrasaient tellement son regard, le brûlaient tellement du feu de ses pétales, qu'il ordonna de détruire la toile, de la soustraire à son regard par le feu même. Le feu par le feu donc…

Une partie de ses tableaux cependant, éparpillée dans la tourmente, disparut. Où donc, les meubles qu'elle avait peints ? Où, le petit pliant de bois orné de ses fleurs ? Où, la table ? Où, son chevet retravaillé par ses soins ?

Où, les premiers tableautins réalisés à ses débuts et qu'elle échangeait contre un morceau de fromage ou du pain ? Certaines toiles, probablement, durent subir l'outrage de la destruction volontaire au nom de l'art maudit. Les autres, celles que l'on peut voir encore ont été gardées, roulées soigneusement par les Uhde et de nouveau encadrées à la Libération. Dès 1937, les nazis ont pillé les musées nationaux, à la recherche d'œuvres dites « dégénérées ». Coupables à leurs yeux d'avoir été réalisées non seulement par des ennemis du Reich, mais aussi par des fous, des illuminés, de dangereux subversifs.

L'exposition de Munich du 19 juillet 1937 rassemblait déjà les toiles suspectes de trahison. Uhde en fut horrifié et prit les devants en confiant les toiles qu'il avait acquises, à coup sûr condamnées par les nazis, à des amis français. Mais la traque se poursuivit au-delà de 1942, date de la mort de Séraphine. Avec un sens méticuleux et obsessionnel, les nazis cherchèrent à retrouver les toiles que la République de Weimar avait fait accrocher aux cimaises des grands musées allemands, toiles dont ils persécutaient les auteurs, comme ils le faisaient des Juifs, traque sans vergogne, meurtrière et brutale. Ces toiles-là ne connurent pas même l'exposition « pédagogique » de 1937 mais simplement la destruction par le feu. Il est possible que certains tableaux flamboyants de Séraphine connurent ainsi ce destin tragique, purificateur aux yeux des ennemis. Mais c'est grâce à l'habileté et à la prudence de Uhde que restent aujourd'hui quelques spécimens majeurs de l'art fantastique de Séraphine.

Séraphine, la petite bergère d'Arsy, si éloignée des préoccupations eugénistes sur l'art de ses contemporains, n'avait donc pas réalisé des tableaux « normaux ». Mais elle-même était persuadée qu'elle et ses toiles étaient élues. De Dieu, de la Vierge Marie, de l'art.

Le dignitaire nazi qui fit brûler son tableau dut bien comprendre que Séraphine n'était pas une naïve, mais qu'elle faisait entrer celui qui regardait ses toiles dans un inconnu risqué. Le grand critique d'art, André Chastel, dans un article du *Monde* daté du 24 juin 1960, écrivait ainsi à propos d'une exposition de naïfs : « Quand on les trouve un peu trop nombreux et parfois indigents, les coins de rues et les fêtes foraines trop faciles, il n'est que de se tourner vers la grave et inquiétante Séraphine. »

Ses mots sont justes : « grave et inquiétante » parce qu'elle entraîne ceux qui regardent sa peinture dans les grands fonds, parce qu'elle aussi, comme le réclame Jésus, « avance en eau profonde » et qu'il y a souvent danger à s'y résoudre…

21

Après la mort de Séraphine, les psychiatres s'intéressèrent à son cas. Il y eut des expertises, des rapports, des colloques où son nom fut maintes fois cité. La nouvelle psychiatrie, née après la guerre, les réformes qui ont été engagées dans les hôpitaux psychiatriques après 1950 proviennent d'une certaine manière de ce qu'a subi Séraphine : le scandale de la famine, la place des malades mentaux dans une société démocratique, l'attention portée aux plus faibles et aux plus délaissés de l'humanité, et l'écoute réelle de leurs souffrances ainsi que de leur parole. Séraphine subit toutes les errances de la psychiatrie et toutes les passivités d'un système qui faisait des lieux d'internement des asiles et non pas des lieux où l'on soigne, où l'on aime et où l'on écoute l'autre. Où la couverture chimique n'est pas la seule alternative aux essais hasardeux des premiers électrochocs.

Les rescapés de la guerre de 1914, devenus fous et internés dans des asiles, furent les premiers indices de cette nécessaire rénovation du système. Pour se dédouaner, l'hôpital de Clermont-de-l'Oise dédia une aile d'un pavillon à Séraphine de Senlis. Étrange destin de cette domestique qui résiste à l'oubli plusieurs années après sa mort, s'échappant d'un lieu qui la coupa du monde, l'affama et l'ensevelit auprès d'autres malades anonymes ou qu'aucune famille ne venait réclamer ! Étrange ironie du sort !

On s'appesantit sur son cas : tous les psychiatres qui se penchèrent sur elle conclurent à une psychose grave mais des nuances les séparèrent. Séraphine échappe encore aux diagnostics définitifs comme si son histoire intérieure était impossible à repérer, venue de trop loin pour la comprendre. On procède alors par élimination : ce n'est pas une psychose délirante aiguë, mais l'on trouve chez elle « un polymorphisme des thèmes, des phénomènes psychosensoriels multiples, avec évolution chronique et relative clarté du champ de la conscience », on note également des « folies d'un moment ». On observe ailleurs qu'elle n'a pas de psychose délirante en rapport avec une affection organique : aucune encéphalite reconnue, aucune autre altération cérébrale. On évoque une paraphrénie de type fantastique comme l'admet le docteur Ortas Peretti. Elle opte, dans son étude psychiatrique, pour « une paraphrénie fantastique compte tenu du tableau clinique que présentait, écrit-elle, Séraphine, de l'évolution de cette psychose et des arguments plaidant en faveur de son origine vraisemblablement métaschizophrénique ».

Les docteurs Madre, couple de psychiatres à Clermont-de-l'Oise, et longuement consultés, hésitent quant à eux entre un délire de Kretchmer et le délire sensitif des vieilles filles où l'on relève les mêmes périodes de calme et d'explosion sous forme de délires et de bouffées délirantes.

Plus largement, au regard du DSM III (*Diagnostic and Stastitical Manual of Mental Disorders*, la bible de tous les psychiatres), on classera Séraphine dans le groupe des *Schizophrenics Disorders*. Tout ce qui est repéré dans l'observation de ces malades touche de près ou de loin Séraphine :

– délires bizarres au contenu relativement absurde et qui n'a aucune base possible dans le réel. Refus de penser, pensée tournée sur soi,

– délires somatiques, grandioses, religieux, nihilistes,

– hallucinations auditives,

– incohérences marquées par la perte des associations, pensée illogique,

– isolement social ou retour sur soi,

– dégradation du rôle social familial ou intellectuel,

– comportement étrange marquant (nourriture entassée par exemple), dégradation de l'hygiène personnelle et de la tenue,

– langage dépressif, vague, métaphorique,

– inhabituel et bizarre cours des idées ou pensée magique (superstition, clairvoyance, télépathie, sixième sens, idées de référence),

– expériences perceptuelles inhabituelles.

Toutes ces nomenclatures, toutes ces catégories ne parviennent pas cependant à isoler Séraphine dans un cas précis, à la réduire à un cas pathologique. L'œuvre qu'elle a produite, immense et géniale, parle pour elle, la précède dans un amont prodigieux de sens. Sans elle, peut-être aurait-elle pu figurer comme un cas exemplaire de « folie » à l'improbable origine. Mais les grandes fleurs qu'elle a peintes, la construction très élaborée de ses compositions, la richesse chromatique de sa palette, les alliances inédites de couleurs, les inventions mêmes de couleurs qu'elle a produites, la beauté qu'elle a transcrite ne sont pas innocentes. Elles sont à elles seules la preuve que Séraphine n'est pas « folle » au sens où on l'entend ordinairement. Elle l'est certes au regard des dix années passées en asile psychiatrique, les rapports l'attestent, mais son histoire procède d'un tout autre parcours, d'un tout autre cheminement qui nous échappe encore. Ranger Séraphine au pavillon des grandes délirantes ne répond à aucune des interrogations que son œuvre suscite.

Tout ce qu'elle a peint, tout ce qu'elle a fait naître vient de trop loin et répond à un ordre trop mystérieux, envoûtant et enchanteur qui n'appartient pas au registre de la folie, sauf à penser que la folie est un lieu encore inexploré que seuls quelques pionniers, comme Séraphine, ont eu le « privilège » de traverser. Le prix à payer fut lourd et le tribut, écrasant. À coups de solitude et de désespoir, de pauvreté et d'abandon, de misère spirituelle. Au prix de ce que Jean de la Croix appelait « la nuit ».

Séraphine la connut. Elle fut immense, vaste et sans horizon. C'est pourquoi la petite femme de ménage, humble et malade, est de la race du grand poète visionnaire, tel que le définit Arthur Rimbaud dans sa *Lettre du voyant.* « Le grand malade, le grand criminel, le grand maudit, – et le suprême savant ! – Car il arrive à l'inconnu. » Séraphine, sans nul doute y accède, non sans mérite. Elle a tout accepté, les moqueries et les injustices, le froid et la faim. La faim jusqu'au bout tandis qu'à Senlis, dans sa bonne ville qu'elle aimait tant et qui lui rendait si peu cependant son affection, les Allemands faisaient bombance dans les bons restaurants...

L'œuvre néanmoins demeure, imparable, infracassable. Mais jusqu'à quand connaîtra-t-elle l'exil dans lequel elle est encore demeurée, loin des cimaises publiques, loin des expositions temporaires, loin des ouvrages de référence, loin de l'indifférence du grand public ? Jusqu'à quand subira-t-elle l'outrage des faux modernes, elle qui l'est si complètement ? Elle qui peignait pour le Bon Dieu et la Bonne Mère, comme elle le disait, a accompli une œuvre sacrée, ignorée de ceux auxquels elle voulait faire partager sa ferveur : les paroissiens de Senlis qui l'ont si longtemps méconnue et méprisée. Jusqu'à quand devra-t-elle attendre de rejoindre sa vraie place qui est parmi les premières de l'art moderne, aux côtés de ceux qui ont fait le XXe siècle, Picasso, Matisse, Braque, les surréalistes, les grands maîtres naïfs, les fauves et les expressionnistes ?

Comme Camille Claudel, morte dix mois seulement après elle dans les mêmes circonstances, elle a été de ces artistes qui sont allés jusqu'au bout d'eux-mêmes, à l'extrême de leurs limites, qui ont accepté la plus grande violence contre eux.

Au risque de paraître sentimental ou même ridicule, on aimerait encore aller au cimetière de Senlis, dans un endroit en contrebas, quasiment abandonné, et supposé être la fosse commune où autrefois on jetait les cadavres de ceux qui n'avaient plus de nom, plus de famille... Car sous ce remblai, on supposerait que Séraphine a été enterrée.

On déposerait alors comme autrefois, dans les années 1980, sur la terre meuble, selon la saison, quelques grandes tiges de lys blancs ou des hampes de digitales bleues comme elle les aurait aimées et l'on se recueillerait en pensant à cette vie qu'elle a menée, de douleur et de gloire, de feux et de nuit. La vie autour demeurerait indifférente au petit pèlerinage.

Mais tout a changé aujourd'hui. La mémoire toutefois reste tenace. Elle ne veut rien oublier de l'éblouissement des grandes marguerites et des tiares emplumées de feuilles d'automne.

Et au-delà encore des chefs-d'œuvre que Séraphine conçut, c'est à elle, la petite bergère des champs d'Arcy, qu'on pense, à celle qui sut transformer sa « vie minuscule » en destin grâce à la peinture, et qui mourut croyant enfanter des jumeaux, affamée, dans sa ville occupée par ceux qui traquaient ses fleurs gothiques au nom de « l'art dégénéré ».

Et l'on comprend mieux alors, s'il en était encore besoin, qui étaient les vrais fous.

Travaux d'Alain Vircondelet consacrés à Séraphine de Senlis

Thèse de doctorat de 3ᵉ cycle (section histoire de l'art et des mentalités), sous la direction de Bernard Dorival, Paris-IV Sorbonne, 1985

Séraphine de Senlis, collection *Une vie*, dirigée par Georges Duby, Paris, Albin Michel, 1986

Séraphine de Senlis, dramatique réalisée par Michel Sidoroff, France-Culture, rôle-titre confié à Christiane Cohendy, 1989

Sans rivale, spectacle monté par la compagnie *L'œil du Tigre* à Reims, mise en scène de Jean-Marie Lejude, 2002

REMERCIEMENTS

Les rares témoins de la vie de Séraphine de Senlis sont aujourd'hui disparus. C'est grâce à eux cependant, dès le début des années 1980, que j'ai pu écrire dans la collection de Georges Duby, aux éditions Albin Michel, un premier ouvrage sur ce destin exceptionnel. C'est donc naturellement à eux, à leur mémoire magnifique que je dédie ce second travail consacré à Séraphine.

En tout premier lieu Charlotte Calmis, un des maîtres de l'abstraction lyrique, qui m'a fait découvrir l'œuvre de Séraphine ; le professeur Bernard Dorival, qui a dirigé ma thèse de doctorat en histoire de l'art, soutenue en Sorbonne en 1985 ; Mlle Anne-Marie Uhde, dernier grand témoin de Séraphine dont les souvenirs m'ont permis de retracer sa vie ; Jean Cassou, ami de Wilhem Uhde, qui m'a donné de mieux comprendre les années 1920-1930 qu'il a si bien connues ; André Pieyre de Mandiargues, Bona de Mandiargues, Leonor Fini, Michel Leiris, qui m'ont transmis leur admiration pour Séraphine.

Que soient aussi remerciés :

Mlle Ammanieux, conservateur honoraire du musée de Senlis dont les souvenirs, les conseils et la compétence m'ont été si précieux ; Mme le docteur Madre, psychiatre de l'hôpital de Clermont-de-l'Oise qui m'a aidé à cerner « le cas Séraphine » ; Jacques Busse qui a écrit l'excellent article sur Séraphine dans le *Bénézit* ; Dina Vierny, qui a rassemblé au musée Maillol les maîtres primitifs découverts par Wilhelm Uhde ; M. Baudry, l'éditeur de *L'Œil du temps*, qui a publié la première monographie sur Séraphine Louis ; Diane de Margerie, pour ses fréquents témoignages d'amitié ; Mme Ortas-Peretti pour son éminente thèse de doctorat de médecine consacrée à Séraphine ; Max Lafont, pour son livre révélateur, *L'Extermination douce.*

DU MÊME AUTEUR

MARGUERITE DURAS, Seghers, 1972

ANTHOLOGIE DE LA POÉSIE FANTASTIQUE FRANÇAISE, Seghers, 1973

BONAVENTURE, essai sur Bona de Mandiargues, Stock, 1977

AMORE VENEZIANO, Stock, 1979

INTRODUCTION AU JOURNAL DE MA VIE DE THÉRÈSE D'AVILA, Stock, 1979

VIVRE EN POÉSIE, entretiens avec Eugène Guillevic, en collaboration avec Lucie Albertini, Stock, 1980, rééd. Le Temps des cerises, 2007

MAMAN LA BLANCHE, Albin Michel, 1981

ALGER L'AMOUR, Presses de la Renaissance, 1982

TANT QUE LE JOUR TE PORTERA, Albin Michel, 1983

LA VIE LA VIE, Albin Michel, 1985

LA NUIT DE MAYERLING, Plon, 1985

SÉRAPHINE DE SENLIS, Albin Michel, 1986

LE PETIT FRÈRE DE LA NUIT, Albin Michel, 1988

LE MONDE MERVEILLEUX DES IMAGES PIEUSES, Hermé, 1988

LE ROMAN DE JACQUELINE ET BLAISE PASCAL, Flammarion, 1992

INTRODUCTION À SAINTE LYDWINE DE SCHIEDAM de J.K. Huysmans, Maren Sell, 1989

J.K HUYSMANS, Plon, 1990

DURAS, François Bourin, 1991

LA TISSERANDE DU ROI SOLEIL, Flammarion, 1992

INTRODUCTION À LA CATHÉDRALE de J.K Huysmans, Le Rocher, 1992

NAISSANCE D'UN PÈRE, Le Rocher, 1993

SAINT-EXUPÉRY, Julliard, 1994

DEVENIR VENISE, Lattès, 1994

MARGUERITE DURAS, actes du colloque de Cerisy-la-salle, sous la direction d'Alain Vircondelet, Écriture, 1993

JEAN-PAUL II, Julliard, 1994

POUR DURAS, Calmann-Lévy, 1995

LA PRINCESSE DE LAMBALLE, Flammarion, 1995, rééd. 2005

LÀ-BAS, SOUVENIRS D'UNE ALGÉRIE PERDUE, Le Chêne/Hachette, 1996

MARGUERITE DURAS, vérité et légendes, Le Chêne/Hachette, 1996

JE VOUS SALUE MARIE, représentations populaires de la Vierge Marie, Le Chêne/Hachette, 1997

CHARLES DE FOUCAULD, Le Rocher, 1997

LE RETOUR DES SOURCES, *in* UNE ENFANCE ALGÉRIENNE, sous la direction de Leïla Sebbar, Gallimard, 1997

JEAN-PAUL II, NAISSANCE D'UN DESTIN, Autrement, 1997

MARGUERITE À DURAS, Éditions 1, 1998

MORTEL AMIANTE, Anne Carrière, 1998

EXTASE DE TOLÈDE, Le Rocher, 1998

ALBERT CAMUS, vérité et légendes, Le Chêne/Hachette, 1998

ALGER ALGER, Éditions du Laquet, 1998, rééd. Elytis, niv 2008

DURAS, DIEU ET L'ÉCRIT, actes du colloque de l'ICP, sous la direction d'Alain Vircondelet, Le Rocher, 1999

LA MAISON DEVANT LE MONDE, Desclée de Brouwer, 2000

MARGUERITE DURAS OU L'ÉMERGENCE DU CHANT, La Renaissance du Livre, 2000

SAINT-EXUPÉRY, vérité et légendes, Le Chêne/Hachette, 2000

LES CHATS DE BALTHUS, Flammarion, 2000

MÉMOIRES DE BALTHUS, Le Rocher, 2001

BERNADETTE, CELLE QUI A VU, Desclée de Brouwer, 2002

L'ENFANCE DE JEAN-PAUL II, Le Rocher, 2002

SAGAN, UN CHARMANT PETIT MONSTRE, Flammarion, 2002

LES ENCLOS BRETONS, chefs-d'œuvre de l'art populaire, Flammarion, 2003

JOURNAL DE RÉSISTANCE D'UN CHRÉTIEN DANS LE MONDE, Flammarion, 2003

NULLE PART QU'À VENISE, Plon, 2003

JEAN-PAUL II, Éditions First, 2004

JEAN-PAUL II, LA VIE DE KAROL WOJTYLA, Flammarion, 2004

UNE PASSION À VENISE, Sand et Musset, la légende et la vérité, Plon, 2004

LA PASSION DE JEAN-PAUL II, Presses de la Renaissance, 2005

ANTOINE ET CONSUELO DE SAINT-EXUPÉRY, un amour de légende, Éditions des Arènes, France-Info, 2005

LES DERNIERS JOURS DE CASANOVA, Flammarion, 2005

SUR LES PAS DE MARGUERITE DURAS, Les Presses de la Renaissance, 2006

ÉLOGE DES HERBES QUOTIDIENNES, Le Rocher, 2006

VENISE, sous la direction d'Alain Vircondelet (3 tomes), Flammarion, 2006

JÉSUS, Flammarion, 2007

D'OÙ VENIR ? *in* C'ÉTAIT LEUR FRANCE, sous la direction de Leïla Sebbar, Gallimard, 2007

LA VÉRITABLE HISTOIRE DU PETIT PRINCE, Flammarion, 2008

Composition Nord Compo
Impression Bussière, septembre 2008
Editions Albin Michel
22, rue Huyghens, 75014 Paris
www.albin-michel.fr

ISBN : 978-2-226-18982-0
N° d'édition : 25889. – N° d'impression : 082847/4.
Dépôt légal : octobre 2008.
Imprimé en France.